EPISTOLARIO

PIERRE JOSEPH PROUDHON

ISBN : 9791041844661

I

AL SIGNOR BERGMANN

Besançon, 2 gennaio 1842

Mio caro Bergmann, attendevo tue notizie nel settembre od ottobre scorso, per mezzo di Dessirier o di Maguet; siccome m'avevi prevenuto della tua intenzione di fare un viaggio a Parigi, speravo potesse essere un occasione per me. Non ho saputo più nulla. Hai rimandato ad altra epoca il tuo viaggio? Ti sei ammogliato finalmente? Sei morto per i tuoi amici, dacchè hai dovuto morire per tutte le donne, meno una?

Ackermann m'ha scritto, sarà un mese; si lagna anch'egli del tuo silenzio. Devi aver ricevuto una piccola pubblicazione sua; e probabilmente attende il tuo giudizio. Per conto mio, sono lungi dall'essere soddisfatto del corso dei suoi studî; temo che la sua mente si sottilizzi tanto, che finirà per evaporare.

Quanto a me, caro amico, ti dirò che mi sprofondo sempre maggiormente nell'economia e nelle ricerche socialiste; e se da tanto tempo non t'ho scritto, è che debbo mandarti un nuovo lavoro, che aspettavo di finire. Un attacco fourierista, che si aggiunge alla gravità delle circostanze, m'ha costretto a riprender la penna ed a lanciare, pur difendendomi, una specie di programma dell'opera più importante che sto preparando. Potrai, credo, farti un concetto dei miei lavori futuri sulla base di quell'annuncio; e forse non ti meraviglierai se ti dico che tra due anni sarò interamente, con armi e bagagli, nel campo del governo.

Tu mi rimprovererai, anche questa volta, un attacco spaventoso al National; la mia risposta è semplice. Fui denunciato e segnalato alla giustizia da quel giornale; sono ora l'offeso e non l'offensore. Del resto, desidero che il National non lasci passare questa nuova botta senza reagire; perchè delle due cose l'una: o creperà per le mie accuse, o fornirà spiegazione, ritrattazione e professione di fede contraria. Faremo causa, sia davanti i tribunali ordinarî, sia dinanzi agli arbitri: e siccome la faccenda è prevista, non ho nulla a temere. Sarà esso solo che subirà uno scacco. È possibile anche che esso si renda conto del pericolo della sua situazione e prenda il partito di tacere, il che sarebbe forse la miglior cosa. In questo caso, le mie accuse rimangono; ed occhio alle citazioni che altri giornali ne facessero!

Conto partire per Parigi in settimana. La mia bottega ha un po' di lavoro; sono stampatore per l'eternità. Di giorno in giorno vado acquistando le simpatie dei miei concittadini: banchieri, negozianti, giovani, avvocati e medici mi vogliono bene; non v'è più contro di me che la vecchia Accademia.

Avrò probabilmente da traversare un'annata aspra; ma posso sperare che sia l'ultima. I nostri consiglieri comunali mi cercano un posto nel luogo per trattenermi in mezzo a loro.

Ti auguro, amico mio, il buon anno, e la pace e l'amore nella tua famiglia. Potrai scrivermi all'indirizzo di Dessirier, Rue SaintAnne, 22.

Non dimentico ciò che ti devo; ma sono ancora ben povero. Per rimettermi a galla, occorre una nuova opera e l'adesione del potere, che, del resto, sono sicuro d'ottenere.

Ti bacio di tutto cuore, e ti prego di credere che penso a te tutti i giorni.

II

AL SIGNOR TISSOT

Besançon, 3 marzo 1842

Mio caro signor Tissot, ho ricevuto stamane la vostra lettera, affrancata (perchè?) e non so negarmi di rispondervi subito; ho trovato in essa tante cose curiose, scherzose, tristi ed amabili!

Voi siete sospetto! sospetto al rettore, sospetto al ministro, sospetto al vescovo! Non mi sorprende se voi, oggetto di tanti sospetti, respingete la dedica d'un uomo sospetto! Vi devo qualche spiegazione in proposito.

Io dedico i miei libri a due specie di persone: ai miei amici ed ai miei avversarî. Domando ai primi il loro consenso; i secondi non sono avvisati che allo stesso tempo del pubblico. So quanto potrebbe essere pericolosa per un membro dell'Università una buona dedica firmata dalla mia mano; perciò non volli farlo senza prevenirvene. Del resto, ve lo dissi, non sareste stato compromesso in alcun modo. Io trovo molteplici vantaggi a crearmi, per amore o per forza, un interlocutore. Se fossi solo al mondo, piuttosto che far dei monologhi, parlerei al mio cappello, tanto ho orrore dei soliloqui.

Per tornare a voi, mio caro compatriota, la sola questione di cui si trattasse fra noi era una questione di metafisica e di metodo: categorie, serie, generi, specie, ecc. Sono furibondo di vedervi così ostinato, e bisogna che io vi strappi a Kant. I proprietarî non sono per me nè prossimi nè parenti; gli accademici ancora meno; i bigotti contano per me tanto poco, che non degno nemmeno d'occuparmene. Ma voi! Che voi restiate kantista mentre son vivo io, è ciò che mi tormenta e mi farà compiere i maggiori sforzi di immaginazione e di dialettica. Quando dico kantista, voglio dir fanatico dei principî di diritto di Kant, del suo razionalismo sofistico, della sua teoria della ragione pura e della sua psicologia. Ecco la mia dichiarazione di guerra: «bisogna che voi mi atterriate o che io v'assorba.»

Rispondo alle vostre critiche.

Io ho troppo accarezzato, dite voi, nel mio Avvertimento, «un uomo che s'è incaricato di disilludermi egli stesso della buona opinione che avevo di lui». – Avete ragione; ma è precisamente ciò che non comprendo. Dopo ch'ebbi il piacere di scrivervi, ho ricevuto una lettera di Considerant, la più sciocca, la più falsa, la più insignificante lettera del mondo. Egli mi dice che non ha letto ancora venti pagine di tutte le mie Memorie; e che, del resto, risponderà quando avrò pubblicato la mia ultima parola. Notate che fra trent'anni non avrò ancora detto tutto. Insomma, Considerant non dice nulla che valga la pena d'esser detto, non risponde una parola, nè al mio Avvertimento nè alla lettera particolare che gli scrissi; nulla, insomma. Questa lettera mi ha snebbiato, e comincio a crederlo altrettanto ciarlatano degli altri. Il vostro rimprovero è dunque legittimo; ma come mai avete potuto dirmi che Considerant s'era incaricato egli stesso di distruggere la buona opinione che avevo di lui, poi che sapevate benissimo che non l'avevo mai visto, nè avevo avuto con lui la menoma relazione? Ero rimasto soddisfatto del suo scritto sulla politica generale, ed ero tanto lieto d'avere un pretesto per dirgli cose lusinghiere, che mi vi sarei forse abbandonato senza troppa riserva. Del resto, molti non hanno trovato che io lo abbia accarezzato soverchiamente. Ancora una volta, spiegatevi: oppure crederò che la lettera di Considerant, indirizzata a me, vi sia stata comunicata per ordine del gabinetto nero.

Voi deplorate ch'io non abbia fatto una critica più particolareggiata del sistema di Fourier; ma io non volli trattare che la questione della ripartizione, la sola che io abbia affrontato finora, ed ho riservato quella dell'organizzazione. Ogni frutto a suo tempo. L'economia politica, non so ripeterlo troppo, è una scienza in creazione; è impossibile fare una critica conveniente dei sistemi d'organizzazione senza essersi formati prima principî e leggi; e leggi e principî non si scoprono ogni giorno, e non si dimostrano con l'evidenza intrinseca. La mia risposta ai falansteriani è sufficiente, poi ch'essa si riassume in questi termini:

La ripartizione, in Fourier, risulta dall'organismo;

Ora questa ripartizione è economicamente falsa;

Dunque il meccanismo di quelle società è falso a priori.

Wolowski, voi dite, ha fatto per le mie Memorie altra cosa che una critica scientifica. Vi sarebbe possibile farmi conoscere questa critica, comunicandomi nello stesso tempo la vostra valutazione? È ridicolo per un uomo come Wolowski non vedere in me che un settario da soffocare; egli dovrebbe sapere che un'idea non perisce mai se non per effetto d'un'idea superiore. Perchè non mi ha mandato la sua critica? Bisogna ch'io sappia ciò che mi viene obiettato, se si vuole ch'io mi converta e faccia penitenza.

Sono stato veramente rallegrato dalla vostra idea delle stalle d'Augia, ma non approvo che vi trattiate così male come fate. Di mia natura sono assai poco modesto, ma sono franco nel mio amor proprio e non credo alla modestia degli altri. Sappiate dunque riconoscere ciò che valete; o mi costringerete a dirvelo in faccia. Perchè dunque ho debuttato con un clamore così alto? Perchè oggi è necessario, se si vuol farsi intendere, gridare e coprir la voce degli altri. Infatti, voi andate molto avanti, in fede mia, con le vostre eloquenti elucubrazioni! In tutta la Francia vi sono alcune centinaia d'individui che possono apprezzarvi, e tra questi i rivali gelosi di voi, gli studenti della Normale che vi denigrano, gli intriganti che vi dissimulano, i bigotti che vi detestano. Perchè non fate come me, perdio? I bei modi non ottengono nulla; picchiate a braccio disteso. Dovrò farmi il vostro vendicatore?

Poi che conoscete Wolowski, non potreste fargli intendere alla prima occasione che io so come egli sia molto dotto e illuminato, ma che sopratutto stimo in lui il carattere? Potrei bene aver la fantasia di dedicargli qualche cosa. Nella mia mente lo confondo con Laboulaye, giureconsulto dilettante, che tengo in molto conto.

Tra qualche tempo, mio caro filosofo, vi presenterò una dimostrazione pratica e realizzata della mia teoria sull'eguaglianza ed il possesso. Ma so anticipatamente che il fatto non proverà nulla per voi, se non ve ne dimostra la legittimità. Ma ecco ciò che vi soggiogherà, io penso: se il fatto di cui parlo tende ad universalizzarsi, potrete dubitare che sia legittimo?

Una confidenza: ho rimarcato che l'occhio di Pauthier non si posa sopra di me che di traverso, dopo che mi feci antagonista della Proprietà; ch'egli abbia paura per il suo castello?

Ora mi rimetterò al lavoro: ho trattato con due fornitori di denaro per la pubblicazione d'una prossima Memoria; vendo la pelle dell'orso prima d'averlo ammazzato. Non conosco ancora un uomo che ammetta senza restrizione tutto ciò che ho già stampato; ma generalmente si è molto curiosi di leggermi.

Avrei molte cose a dirvi intorno alla nostra magistratura ed alla nostra Accademia; sarà per un nostro colloquio.

Addio, mio illustre compatriota, vi abbraccio con tutta l'anima.

III

AL SIGNOR BERGMANN

Besançon, 9 maggio 1842

Mio caro Bergmann, comincio per ringraziarti dell'invio del tuo opuscolo e di quello di Ferrari. Non vi è nulla che mi soddisfi tanto come la tua dottrina linguistica; vi ritrovo, in un altro ordine d'idee, tutto il mio pensiero sul metodo, la metafisica universale e l'economia sociale. V'è tutto un mondo nella tua testa; non devi limitarti a quei piccoli articoli che non significano nulla, o almeno dicono troppo poco. Bisogna esporre una sintesi completa, accompagnata da una sufficiente massa di fatti e d'idee perchè sia al riparo da ogni attacco; poi la applicherai immediatamente alle specialità letterarie e filologiche delle quali hai l'incarico. Per una mente come la tua, v'è più che una questione d'amor proprio nel formulare e sistematizzare le tue idee: v'è altresì il bisogno di nutrirsi e di fecondarsi col proprio pensiero. Ciò che tu sai è immenso; ebbene, oso affermare che tutta la tua scienza sarebbe raddoppiata per la sola necessità dell'esposizione. Ma io predico ad un convertito, ed ho l'aria di confondere la pubblicazione con la redazione.

Sono discretamente soddisfatto di Ferrari; solamente non trovo ancora in lui dell'originalità. Ferrari è uno spirito vigoroso; ma non posso affermare, da ciò che ho visto, ch'egli pensi da sè. È la maniera universitaria, il gusto delle analisi, dei paragoni, dei raccostamenti; la diffidenza dell'esclusivismo e la disposizione eclettica che si trova dovunque da Cousin in poi. Io non posso accomodarmi a tutti quei forse, a quelle mille probabilità, a quelle interminabili incertezze. Con quel modo di condurre le cose e di dirigere lo spirito umano, non la si finirà mai. Qui Platone, e là Aristotele; chi dei due ha ragione? – L'uno e l'altro, e nè l'uno nè l'altro. – Ma insomma, che cosa volete? – Non so. Ecco il ritornello dell'eclettismo. Mi si parla d'una sintesi tra Aristotele e Platone, tra la proprietà e la comunione, ecc., ecc. Dite finalmente ciò che sono queste sintesi; per conto mio, mi ci perdo.

Del resto, fui lietissimo della giustizia che gli è stata resa. I nostri arcivescovi approfittano del margine che hanno ancora. Non sanno che è ancora troppo presto perchè il popolo ignorante la finisca con la Chiesa, e che se resta al cattolicismo ancora un soffio di vita, è perchè così piace all'università. Ma ecco ciò che succederà. Per la religione come per la proprietà si troverà l'uomo che darà l'ultimo colpo; gli eclettici saranno diffidati di formulare le loro sintesi: si esiterà qualche tempo; si griderà contro l'assalitore intempestivo; poi si finirà per rassegnarsi, e vivremo in pace. Ecco ciò che spero e ciò che credo. Poi che a questo mondo nulla si può effettuare senza un po' di disordine e di rumore, bisogna prendere il proprio partito e preparare il momento della crisi, come fa un abile medico. Ma noi non abbiamo che degli empirici.

Avrei voluto che almeno uno degli universitarî denunciati, in luogo di gridare alla calunnia, rispondesse arditamente: «No, non sono più cattolico, e voi siete degli stupidi». Ma quei signori hanno preferito di fare come Voltaire, che scriveva contro l'Infame, pur facendo la sua Pasqua.

È Cousin che ha fatto la più trista figura; nulla di più ignobile che sentirlo dire ch'egli crede alla Trinità e persino all'Incarnazione, e citare in prova due o tre lembi di frasi platoniche sul logos, quel logos che mai ebbe senso comune. Tutto ciò è indegno.

Ho letto con attenzione il programma del congresso. Spero sempre d'assistervi; conto anzi di presentare un lavoro di alta metafisica ed uno di economia politica. Non scrivo al segretario: ma fin da ora può farmi iscrivere come aderente; se non posso andarvi, ti manderò una Memoria; e tu la comunicherai se ti parrà opportuno.

Lavoro attivamente alla mia nuova opera. Da essa aspetto tutta la mia riputazione e la mia definitiva classifica tra i pensatori. Non oso ancora sperare che il governo sentirà il valore delle mie ricerche; gli uomini che hanno il potere sono sempre tanto prevenuti, che una verità li spaventa e la maschererebbero volentieri piuttosto che diffonderla. L'uomo che in ogni scoperta deve trovare una nuova risorsa e un nuovo mezzo d'organizzazione, quest'uomo non è ancora apparso.

Forse avrei l'intenzione di mettere uno dei capitoli del mio libro sotto il patronato del tuo nome, come si mette un bambino o una cappella sotto l'invocazione d'un santo. Non si tratta d'una dedica, nè d'una associazione alle mie idee, come mi è accaduto per la nostra Accademia: è un semplice biglietto d'invio che desidero render pubblico (s'intende, col tuo permesso) e per l'edificazione dei lettori. Potresti forse trovarti in tal modo in compagnia di Blanqui. Wolowski, ecc., ecc. Vedi che non v'è nulla di comprommettente per la tua dignità e per il segreto dei tuoi pensieri; per conto mio, il vantaggio che vi trovo consiste nell'interrompere di tratto in tratto un libro troppo serio per mezzo d'una comunicazione amichevole, e nel mantenermi calmo e degno nelle discussioni mercè l'aiuto dei nomi d'alcuni uomini che amo e stimo. È una specie di portarispetto che m'impongo ed una soddisfazione per il mio cuore ed i miei sentimenti. Attendo il tuo consenso fra tre o quattro mesi. Procura di non rifiutare; ti comunicherò preventivamente, se lo esigi, la mia breve epistola. Tu sei la sola mente veramente sintetica che io conti tra i miei amici; e siccome la linguistica avrà il suo posto nel mio lavoro, come in tutta la mia vita, ho bisogno di te. Rassegnati dunque, amico mio, a figurare onorevolmente in un libro che sarà il più grande sforzo del mio pensiero e che preparo da quattro anni, traverso tutta codesta disgraziata polemica.

Non ho notizie di Maguet. – Haag è ammogliato in Germania. – Non ho letto ancora l'ultimo libro d'Ackermann, che Dio conservi! Sono in ritardo con molti. – Dessirier ha fatto un sillabario, del quale ricevetti stamane alcune copie. Non sono riuscito a fargli capire la classificazione naturale delle lettere.

La mia officina è ferma in questo momento. Tra qualche tempo avrò del lavoro, in quantità discreta. Ma tutto ciò non mi rassicura, e penso sempre a lasciare l'industria. Ho ancora una pubblicazione o due da fare; poi liquiderò.

Tu non mi dici se tua moglie ti renderà padre tra breve. È una notizia che non si manca di comunicare ai propri amici.

Addio, t'abbraccio.

AD ANTONIO GAUTHIER

Besançon, 5 luglio 1842

Mio caro Gauthier, ti mando per la posta, insieme alla presente, una copia d'un pamphlet sulle elezioni, del quale sono l'editore responsabile, e di cui indovinerai l'autore, se ti riesce. Questo scritto fa allusione a molte piccole circostanze locali, che in parte conosci. Siamo minacciati d'avere per deputato un consigliere o avvocato generale; una specie di Laubardemont. Se tuo padre è elettore, scrivigli di votare nel modo buono: non conviene lasciar tornare a galla il vecchio regime.

Io lavoro fin che ho lena, e non procedo nè così presto nè così bene come vorrei; provo quelle alternative d'entusiasmo e di scoraggiamento che afferrano ogni uomo il quale cerchi una verità e conosca la viltà altrui. Sono sicuro di produrre un'opera profonda e che sarà l'inizio dello sterminio di tutti i pregiudizî, un libro che farà fremere di gioia i cuori onesti: eppure non ne attendo alcun effetto da principio. Il mio lavoro esige troppa attenzione da parte del lettore perchè divenga popolare, e coloro che potrebbero intenderlo a metà, sono per tre quarti egoisti o fanatici. M'accorgo tutti i giorni che v'è ben poca libertà di spirito e di coraggio nel mondo. Ho scritto e pubblicato senza sforzo le mie precedenti Memorie; oggi mi sembra d'esser stato temerario.

È un mese che una società d'emulazione per le scienze e le lettere m'ha chiesto un articolo per la sua collezione. L'ho fatto, scegliendo l'argomento nella Bibbia, sulla quale i miei studî d'ebraico m'hanno permesso di raccogliere materiali curiosi. Confesso che quello scritto avrebbe costernato e messo in fuga tutti i tonsurati; tuttavia non conteneva che un'analisi esatta, piena di greco e d'ebraico, di due o tre salmi; ma infine era scienza filologica pura, e malgrado la buona volontà dei signori G... e C... e L... ecc. il mio articolo fu respinto. In quaranta, essi hanno meno coraggio di quanto ne avrei io solo. Infatti devi pensare che quell'articolo avrà da me, tosto o tardi, la sua destinazione; non farei grazia al pubblico d'una verità, dovessi venire impiccato.

Sento sempre più che qui sto male per studiare e per scrivere. Fui assolto per grazia, e la mia assoluzione non fu certamente un trionfo. Una seconda volta non sbaglierebbero il colpo. Una masnada di libertini, che non crede nè a Dio nè al diavolo, mi farebbe bruciare per amor della religione. Bisogna ch'io prenda il largo ed imposti la guerra in modo che si possa schiacciar quella cricca senza ch'essa abbia il diritto di reclamare. Con questo intento riservo la mia critica alle cose piccole; fuori di là, non sarò in avvenire che un dotto e un metafisico; loderò tutto per aver il diritto di mostrare, mediante alcune riserve, il vizio di tutto. Questo atteggiamento non mi garba: ma è necessario.

La mia stamperia mi è cagione di noia e di rovina. Offro a tutti, pubblicamente, di venderla al prezzo di vecchio legname, di vecchio piombo, di ferro vecchio. Non la vogliono a quel prezzo; immaginano che sia un tranello. Mi stimerei fortunato se ne fossi sbarazzato perdendo 6000 franchi, il che vorrebbe dire 100 scudi da pagar d'interessi per tutta la mia vita e poi dai miei eredi, se lascio qualche eredità. Non posso nemmeno godere la felicità d'essere proletario a 6000 franchi sotto zero.

Avrò un po' di lavoro: forse quest'attività rianimerà la speranza degli amatori; lo auguro. Le mie pubblicazioni andrebbero più rapidamente e sarebbero fatte meglio.

Non pubblicherò quest'anno che un volume di circa 500 pagine; questo volume racchiude la maggior parte delle mie speranze, tra l'altro il mio Metodo. Immagina, per farti un'idea di ciò che esso è, che l'aritmetica non esistesse e che in mezzo alla nostra civiltà noi dovessimo contare, come facevano i Romani, con gettoni e meccanismi. Ad un tratto arriva un uomo con le dieci cifre e le loro combinazioni, somma, sottrazione, moltiplicazione, divisione, estrazione, proporzioni, logaritmi; sarebbe cosa meravigliosa. Ebbene, il mio Metodo è il quarto termine di questa serie: geometria, aritmetica, algebra... una specie di calcolo, applicabile a tutte le idee e discussioni possibili, altrettanto esatto della matematica ed ancor più generale. Mi occorrerebbero ancora diciotto mesi per elaborare la cosa; la necessità, il timore dell'avvenire, il desiderio d'essere seguito in una carriera sconosciuta fino dai primi passi, mi decidono a sollecitare la mia pubblicazione.

Quando fra sei mesi avrai avuto nuove prove che sono in possesso della mia ragione, ti racconterò un aneddoto in cui sono stato sciocco da meritar le verghe. Non voglio che tu mi creda migliore di quanto sono. Non mi pavoneggio delle mie sciocchezze, ma quando ne rido, i miei amici possono perdonarmelo.

Finisco con ciò che avrebbe dovuto essere l'inizio. Forse (dico forse perchè spero che non sarà così) forse avrò bisogno tra due mesi di 150 o 200 franchi; potrai essermi di qualche giovamento, sia come intermediario, sia altrimenti? Ti prevengo che ti rimborserò tosto o tardi, ma non a termine fisso, e che in questo momento coloro che conoscessero lo stato dei miei affari non mi presterebbero nulla. Non si tratta nè di cambiale protestabile, nè d'affitto di casa, nè di impegno commerciale; io pago tutto ciò poco a poco, col prodotto della mia bottega; ma la mia bottega non mi frutta sempre abbastanza, e siccome penso a me per ultimo, può accadere ch'io abbia bisogno per vivere. Vorrei dunque finire il mio libro, dopo di che mi occuperò più particolarmente a guadagnar denaro. Chè mi disturba d'essere disprezzato dagli sciocchi perchè non ne ho, mentre in realtà non sono tanto povero che per ostinazione di studio e di libertà.

Rispondimi a tuo comodo, ma non dimenticare il nostro candidato.

Tutto tuo, mio caro camerata.

AL SIGNOR TISSOT

Besançon, 31 luglio 1842

Mio caro signor Tissot, non pensavo che una storiella elettorale potesse suscitare la vostra concupiscenza, tanto più che per ben intenderla bisogna essere un po' al corrente dei giornali e dei pettegolezzi del luogo. Tuttavia, poi che così vi piace, l'affido alla posta, che ve la consegnerà contemporaneamente a questa lettera.

Bisogna che sappiate, intanto, che tra i nostri elettori gli uni hanno trovato lo schiarimento motivato troppo profondo; gli altri troppo moderato e troppo cortigiano; l'Impartial ebbe il coraggio di scrivere che quello «schiarimento» sfiorava le questioni senza risolverle; è così che il commercio ha stravolto il giudizio di Besançon. Quasi nessuno s'è accorto ch'io burlavo i deputati, gli elettori ed il governo. Tuttavia devo render giustizia ai signori Sormage, Bourgon, Weiss ed alcuni altri, che non si sono sbagliati.

Vi avrei già mandato il mio Bergier, se non avessi l'intenzione di rifare e ripubblicare tra breve il piccolo saggio grammaticale che lo termina. Io considero quel saggio, ch'è della mia prima maniera, come apocrifo, e lo sconfesso. Permettetemi di non darvi se non ciò che firmo e che la mia maturità riconosce. Spero, del resto, di non farvi attendere a lungo.

Ho l'Etica di Kant, indirizzata da voi al vostro amico Proudhon; se è la stessa opera della Morale del medesimo autore, che m'offrite, vi ringrazio di cuore. Sono in ritardo con voi e vi prego di credere che tengo troppo a voi per mai dimenticarvi.

Il pretesto di cui si serve Wolowski per restituirvi il vostro articolo è puerile; se quell'articolo è tanto lungo da riempire una puntata, lo pubblichi in due volte. Ma io sospetto che vi sia sotto una qualche compiacenza per il potere; intimidazione, monopolio e seduzione, silenzio e reticenza, ogni cosa serve a Guizot per impedire la circolazione delle idee.

Attualmente lavoro con la maggior possibile serietà; come voi altravolta mi scrivevate di voi stesso, mi sforzo di soffocare in me l'immaginazione e la passione mercè studî forti, e mi propongo di tornare a scrivere dei pamphlets a quarant'anni. Posto che posso riuscire in quel genere, non voglio presentarmi con un bagaglio magro.

Ecco qualche notizia che mi riguarda, e che forse v'interesserà. Alcuni giovani hanno formato qui una Società d'emulazione del Doubs. Sei settimane or sono mi pregarono di fare un articolo per la loro collezione, che si pubblica due volte all'anno. Ho offerto loro un saggio filologico, che parve fosse di loro gusto; v'era del greco e dell'ebraico, il che deliziava infinitamente quei bravi giovani; ma v'era anche qualche cosa d'altro: l'articolo in parola s'occupava dell'esegesi biblica come la fa la Chiesa, e la conclusione era la negazione assoluta dell'intelligenza delle sacre scritture per parte dei teologi. Citavo in prova, tra altri passi tratti dai profeti, tre salmi che traducevo per intero, con l'analisi grammaticale, logica e storica. Era estremamente curioso e divertente, e speravo che ne avreste fatto una scorpacciata.

Ma il tipografo, ch'era proprio quello del clero, e ch'è catechizzato dal seminario e da Monsignore, cominciò per dichiarare che non stamperebbe nulla di mio; poi fu convocato il Consiglio della Società d'emulazione e decise che non si poteva mettersi in urto col clero, il quale avrebbe influito sul consiglio comunale, che, a sua volta, avrebbe rifiutato il contributo che si sperava.

Mi si domandò se non potevo rabberciare il mio articolo secondo le convenienze clericali. Io risposi di no; che, del resto, la Società poteva declinare ogni responsabilità e che avrei firmato io. Anche questo parve troppo pericoloso; per farla breve, il mio articolo fu rifiutato.

Io deploro molto quell'atto di debolezza; se vi fossero state nella Società due o tre teste ardite, avrebbero trascinato e soggiogato gli altri, ed era cosa fatta: v'era a Besançon una bandiera anticlericale inalberata. Dopo di ciò, mi son detto che avevo più coraggio io solo che tutta la città di Besançon, perchè notate che nessuno dei membri della Società è miglior cristiano di me.

Ma non vi perderemo nulla, vi giuro; e se voi lavorate a schiumar la pentola, io ne buco il fondo. Bisogna far la guerra con accanimento, perchè vedete un po' dove ci conducono! L'Università accarezza i preti, il potere li favorisce, e il nostro governo borghese, d'origine volterriana, si fa gesuita in tonaca corta. Ah! Basilio, mio tesoro, se mai una bastonatura di legna verde!...

La Phalange ha pubblicato contro di me tre grandi articoli, ai quali ho risposto con una lettera molto urbana, ma che non speravo di veder pubblicata nel giornale. Invece la pubblicarono. Io pensai di difendermi con le massime e coi principî falansteriani, capite bene: semplicemente, chiaramente. Era così ovvio ch'era impossibile non farlo.

Considerant ha trovato che quella lettera era offensiva per lui. Il fatto è ch'essa faceva poco onore allo spirito della scuola ed alla chiaroveggenza o, se volete, alla buona fede scientifica dei capi. Considerant non s'è ingannato. Questa nuova prova me lo fa conoscere a fondo, e vi assicuro che egli ripasserà davanti alla mia porta. Se esistesse un Paolo Luigi Courier, i fourieristi e i bigotti basterebbero alla sua immortalità; voglio cercare di farli servire, almeno, al mio divertimento.

C. Convers diceva l'altro giorno ch'era lieto di non aver ottenuto la maggioranza nelle elezioni. È una parola da egoista o da pazzo. Si immaginerebbe egli che io e molti altri abbiamo caldeggiato la sua candidatura per i suoi begli occhi? Si trattava di far comprendere al prefetto che a Besançon v'era un rispettabile focolaio d'opposizione e che, chiunque fosse il candidato, quell'opposizione poteva diventar temibile. La ripugnanza tutt'affatto personale che ispirava C. Convers a parecchi elettori, aggiunta alla condotta singolare ch'egli ha tenuto, è stata la sola causa dell'insuccesso della sua candidatura. Lo so in modo sicuro e ve lo affermo. O Dio! dove troveremo un uomo?

Ho fatto un grosso libro, un volume di 500 pagine, formato e caratteri di quelli che già conoscete. Il primo capitolo, sulla religione, e il secondo, sulla filosofia, vi piaceranno, se non m'inganno, almeno nell'insieme. Spero meno nel terzo, in cui esamino il valore delle categorie di Kant. Vi cito in vari punti quale autorità.

So ciò che si dice di voi nella bottega universitaria; m'è sembrato semplicemente che qualcuno di altolocato, come si dice, avendo voglia di tradurre Kant, abbia cominciato a far piazza pulita stroncandovi. Il vostro maestro Cousin, checchè ne diciate, non fu mai che un Macaire; ha giusto quel tanto d'intelligenza che occorre per comprendere che la filosofia è materia buona da sfruttare sotto un governo bigotto; ma è privo di genio, di istinti generosi e della più comune buona fede. Non stamperei queste cose, ma farei una comunione per atto di grazia se mi fosse possibile dirglielo in faccia e davanti testimonî.

Fate libri piccoli, vi prego, vi esorto; chè malgrado la recrudescenza dinastica che ci soffoca, malgrado lo spargimento di lagrime causato dalla morte di Coco Poulot, l'antipatia del popolo è profonda; il buon senso più volgare condanna il governo, la scienza lo riprova e la buona fede lo stigmatizza.

Tra dieci anni me ne darete notizia.

Il foglio di stampa, formato in 12° (24 pagine per foglio) carattere piccolo romano (conforme in tutto ai miei stampati) tiratura di 500 copie, verrebbe a costare al massimo 45 franchi. La tiratura in più non costerebbe che la carta e la stampa, cioè: 9 franchi per risma e 5 franchi di tiratura, totale 14 franchi. Sarebbero dunque 59 franchi per un migliaio. La legatura non è compresa. Si potrebbe accordare qualche riduzione; dipenderebbe dalle circostanze.

I miei rispetti umilissimi alla signora e alla signorina Tissot; saluti a Carlo ed affezione per voi, mio caro e venerato filosofo.

VI

A CARLO MARX

Lione, 17 maggio 1846

Mio caro signor Marx, consento volentieri a divenire uno degli sbocchi della vostra corrispondenza, il cui fine e la cui organizzazione mi sembrano dover essere molto utili. Non vi prometto tuttavia di scrivervi molto, nè sovente; le mie occupazioni d'ogni genere, unite ad una pigrizia naturale, non mi permetterò tali sforzi epistolari. Mi prenderò pure la libertà di fare alcune riserve, che mi sono suggerite da varî passi della vostra lettera.

In primo luogo, per quanto le mie idee in fatto d'organizzazione e di realizzazione siano attualmente del tutto precisate, almeno per quanto riguarda i principî, credo mio dovere, e dovere d'ogni socialista, di conservare ancora per qualche tempo la forma antica o dubitativa; in una parola, io faccio professione, col pubblico, d'un antidogmatismo economico quasi assoluto.

Cerchiamo insieme, se volete, le leggi della società, il modo come queste leggi si realizzano, il corso secondo il quale arriviamo a scoprirle; ma, per Dio! dopo aver demolito tutti i dogmatismi a priori, non cerchiamo a nostra volta di riempir di dottrina il popolo; non cadiamo nella contraddizione del vostro compatriota Martin Lutero, che dopo aver rovesciato la teologia cattolica si mise tosto, con gran rinforzo di scomuniche e di anatemi, a fondare una teologia protestante. Da tre secoli, la Germania non è occupata che a distruggere i rabberciamenti di Lutero; non prepariamo al genere umano un nuovo lavoro con nuovi pasticci. Plaudo con tutto il cuore al vostro pensiero di mettere in luce un giorno tutte le opinioni; muoviamoci una buona e leale polemica; diamo al mondo l'esempio di una tolleranza sapiente e previdente, ma per il fatto che siamo alla testa del movimento non erigiamoci capi d'una nuova intolleranza, non posiamo da apostoli d'una nuova religione, fosse pure la religione della logica, la religione della ragione.

Accogliamo, incoraggiamo tutte le proteste; condanniamo tutte le esclusioni, tutti i misticismi; non consideriamo mai esaurita una questione, e quando avremo usato fin l'ultimo nostro argomento, ricominciamo, se occorre, con l'eloquenza e l'ironia. A questa condizione entrerò con piacere nella vostra associazione, altrimenti no!

Ho a farvi pure qualche osservazione su queste parole contenute nella vostra lettera: «al momento dell'azione». Forse voi conservate ancora l'opinione che nessuna riforma sia attualmente possibile senza un colpo di mano, senza ciò che altravolta si chiamava una rivoluzione, e che è semplicemente una scossa. A questa opinione, che intendo, che scuso, che discuterei volentieri avendola io stesso lungamente condivisa, vi confesso che i miei ultimi studî mi hanno fatto completamente rinunciare. Io credo che non abbiamo più bisogno di ciò per riuscire; e che di conseguenza non dobbiamo posare l'azione rivoluzionaria quale mezzo di riforma sociale, perchè questo preteso mezzo sarebbe semplicemente un appello alla forza, all'arbitrio, insomma una contraddizione.

Io mi pongo il problema così: far rientrare nella società, mercè una combinazione economica, le ricchezze che ne sono uscite per effetto di un'altra combinazione economica. In altri termini, volgere in economia politica la teoria della Proprietà contro la Proprietà, in modo da ingenerare ciò che voi socialisti tedeschi chiamate comunione e che io mi limiterò per il momento a chiamare libertà, uguaglianza. Ora io credo di sapere il mezzo per risolvere, a corta scadenza, questo problema:

14

preferisco dunque far bruciare la Proprietà a fuoco lento, piuttosto che darle nuova forza facendo una notte di San Bartolomeo dei proprietarî.

Il mio prossimo lavoro, che in questo momento è a metà stampato, vi dirà di più in proposito.

Ecco, mio caro filosofo, a qual punto mi trovo ora, salvo ch'io m'inganni e al caso subisca la ferula per vostra mano: cosa a cui m'assoggetto di buona grazia, in attesa della mia rivincita. Debbo dirvi incidentalmente che queste mi sembrano pure le disposizioni della classe operaia in Francia; i nostri proletarî hanno tanta sete di scienza, che si sarebbe assai male accolti da essi, se non si avesse ad offrir loro a bere che del sangue. In poche parole, sarebbe per noi una cattiva politica atteggiarci a sterminatori; le misure di rigore non mancheranno: il popolo non ha bisogno all'uopo d'alcuna esortazione.

Deploro sinceramente le piccole divisioni che a quanto pare esistono già nel socialismo tedesco, e delle quali le vostre lagnanze contro G... mi offrono la prova. Temo assai che non abbiate veduto questo scrittore sotto una luce falsa; me ne appello, caro signor Marx, al vostro meditato sentimento. G... si trova esigliato, senza mezzi, con la moglie e due figli, non avendo per vivere che la sua penna. Che volete che sfrutti, per vivere, all'infuori delle idee moderne? Intendo il vostro corruccio filosofico, e convengo che la sacra parola dell'umanità non dovrebbe mai formare oggetto d'un traffico; ma io non voglio vedere in questo caso che la sventura, la necessità estrema, e scuso l'uomo. Ah! se fossimo tutti milionarî, le cose andrebbero meglio: noi saremmo dei santi e degli angeli. Ma bisogna vivere; e voi sapete che questa parola non esprime ancora, e molto ci corre, l'idea ch'è data dalla teoria pura dell'associazione. Bisogna vivere, vale a dire comprare il pane, la legna, la carne, e pagare il padrone di casa; e, in fede mia! colui che vende delle idee sociali non è più indegno di colui che vende un sermone. Ignora completamente se G... si sia dato egli stesso per mio mentore; mentore di che? io non mi occupo che di Economia politica, cioè d'una cosa di cui egli sa presso a poco nulla; io considero la letteratura come il giuocattolo d'una bambina; e quanto alla filosofia, ne so abbastanza per avere il diritto di riderne all'occasione. G... non m'ha rivelato niente affatto; se lo ha detto, ha detto un'impertinenza, della quale son sicuro che si pente.

Ciò che so e che apprezzo, più che non biasimi un piccolo accesso di vanità, è che debbo a G... ed al suo amico Ewerbeck la conoscenza dei vostri scritti, caro signor Marx, di quelli di Engels, e dell'opera sì importante di Feuerbach. Essi, dietro mia preghiera, hanno eseguito delle analisi in francese (chè ho la disgrazia di non leggere il tedesco) delle più importanti pubblicazioni socialiste; ed è per loro sollecitazione che io inserirò (come del resto avrei fatto di mia iniziativa) nel mio prossimo lavoro una menzione delle opere di Marx, Engels, Feuerbach, ecc. E poi G... ed Ewerbeck si adoperano a tener vivo il fuoco sacro nei tedeschi che dimorano a Parigi: e la deferenza che hanno per essi gli operai che li consultano mi sembra garanzia sicura della rettitudine delle loro intenzioni.

Vedrò con piacere, caro signor Marx, che mutiate un giudizio prodotto da un momento d'irritazione; chè voi eravate in collera quando m'avete scritto. G... m'ha espresso il desiderio di tradurre il mio libro attuale; ho compreso che quella traduzione, arrivando prima d'ogni altra, gli procurerebbe qualche vantaggio; vi sarei quindi riconoscente, e così pure ai vostri amici, non per me ma per lui, di prestargli aiuto in questa circostanza, contribuendo alla vendita d'uno scritto che col vostro concorso potrebbe arrecargli più profitto che a me.

Se voleste darmi l'assicurazione del vostro concorso, caro signor Marx, manderei immediatamente le mie bozze a G..., e credo, nonostante le vostre ragioni personali, delle quali non voglio erigermi giudice, che tale condotta potrebbe fare onore a tutti noi.

Mille cose cordiali ai vostri amici Engels e Gigot.

Vostro devotissimo

VII

ALLA SIGNORA PROUDHON

Lione, 8 ottobre 1846

Mia cara madre, eccovi dunque con due nipotini; rendo grazie a Dio che la vostra posterità e la mia sia assicurata. Poi che la moglie di Carlo è sofferente, e che, del resto, è facile andar d'accordo con lei, in luogo d'ammazzarvi a far tutti i giorni il viaggio di Burgille credo fareste bene ad installarvi in casa di Carlo e a prenderne d'autorità il governo. La direzione d'una famiglia come quella d'uno Stato spetta di diritto ai più idonei ed ai più forti; fate dunque ciò che vi dico, e se per caso si trovasse inopportuna la vostra padronanza, potreste sempre rinunciarvi. Ma vi conosco troppo bene, cara madre, per credere che mai si possa lagnarsi di voi. Fate dunque ciò ch'è necessario, poi che non v'è nessun altro per farlo.

Il mio libro è finito; devono averlo messo in vendita a Parigi il giorno 5 di questo mese. Ci vorranno cinque o sei mesi prima ch'io sappia in maniera definitiva ciò che ne pensa il pubblico.

Da qui a là, ho preso il mio partito e voglio tentare qualche cosa di più importante. Ve l'ho già detto, questo libro è l'ultimo che farò nella mia vita; ormai entro in un'altra via. Non posso dirvi ancora per corrispondenza quali siano le mie vedute; basta che sappiate, per ora, che non posso più vedermi a Lione; amerei meglio esser guardia campestre a Cordiron che vivere come vivo.

Del commercio e di tutte le brutture mercantili ne ho fin sopra i capelli, e non aspiro che al giorno in cui dirò addio alla bottega. Del resto, non ho più nulla da impararvi, e poi che la mia stella non ha permesso ch'io divenissi padre di famiglia, voglio godere la mia libertà. Al presente ho sufficienti risorse in me stesso per concedermi il lusso di trasferire altrove il mio domicilio e di cambiar mestiere. Del resto, cara madre, allo stesso modo che il mio nuovo lavoro doveva esser l'ultimo, così sarà l'ultimo lo sforzo che voglio fare per prendere la posizione che ambisco.

Se il mio progetto fallisce, mi rassegnerò a vivere modestamente con lo stipendio d'un buon commesso; e dandomi la pena, posso arrivare da 2 a 4000 franchi. Ma credo che in questo momento ho molto di meglio a fare, e non avrò lavorato dieci anni e vissuto di privazioni tutto questo tempo, cercando d'imparare qualche cosa, per seppellirmi vivo e senza protestare nelle mie funzioni di commesso.

Vi bacio, cara madre. Vostro figlio rispettoso ed affezionato.

VIII

AL SIGNOR MAURICE

Parigi, 26 marzo 1847

Mio caro Maurice, vi sono quanto mai riconoscente dell'interesse che prendete alla mia sorte. Voi sapete che quanto ha di precario la mia situazione cambierà quando vorrò; ed ho tanto mercanteggiato sinora soltanto perchè, prima di darmi decisamente agli affari, volevo compiere la serie di studî economici che ho iniziato, e poi vedere se non potessi meglio collocarmi secondo i miei gusti.

Ebbene, le mie elucubrazioni volgono alla fine; intendo di dire che per il resto dei miei giorni non conto di trattare che questioni parziali, secondo le circostanze ed il bisogno. D'altra parte, ho ormai presso a poco la prova che nessuna speranza posso nutrire nei riguardi delle lettere e del giornalismo; ho meritato l'antipatia di tutti. Quanto al governo, non occorre dire che, anche s'io fossi un Newton delle scienze economiche, non vi sarebbe un posto per me. La repulsione che ispiro è generale: dai comunisti, repubblicani e radicali, fino ai conservatori e ai gesuiti, compresi i gesuiti dell'Università.

Poste queste premesse, non mi resta più che a regolarizzare la mia situazione, ed è ciò che sto facendo coi signori Gauthier. Dopo aver fissato loro le mie condizioni di lavoro, li ho pregati di stabilire essi stessi le cifre. Essi mi risposero che le stabilissi io. Ed eccoci fare un assalto di modestia e di fiducia. Chiuderò questa graziosa vertenza quanto prima, poi che mi si prega di farlo.

Deploro assai le contrarietà che vi causano i miei egregi cugini, che incolpo molto più del loro padre. Credo anzi d'intravvedere che quei signori abbiano approfittato della comunione in cui vivevano tutti un anno addietro per lasciare che tutti gli impegni venissero assunti dal loro padre, salvo a dire poi che la sua firma non li obbligava. È una furberia grossolana e disonesta, alla quale furono indotti dalle loro divisioni intestine e dalla loro assoluta mancanza di nozione dei doveri sociali.

Il Codice di commercio qualifica questo modo di pagare i debiti per fallimento o bancarotta. Voi intendete bene che il povero vecchio Bruto, abbandonato dai suoi due figli più intelligenti (il terzo è idiota, il quarto segnato, e il padre non val meglio) voi intendete, dico, ch'egli non è più in grado di pagare il suo debito, chè i due figli l'hanno lasciato senza autorità, senza lavoro e senza averi. Se dunque volete far causa, credo fareste bene a citare in pari tempo i figli e il padre per avere una sentenza che li condanni in solido, visto che la cambiale fu firmata dal padre per tutti.

Intanto ecco la lettera che mi chiedete; la suggellerete e spedirete dopo averla letta.

Vedo qualche volta il signor Convers. Egli mi ha motivato il suo voto per l'indirizzo dicendo che l'opposizione non era ai suoi occhi che una cricca d'intriganti, che non avevano un principio, nè un'idea, nè una tendenza che li distinguesse realmente dai conservatori; disse come in tutte le discussioni egli non vedesse in giuoco che gelosia e amor proprio; e nella sua coscienza, sopratutto di fronte alle recriminazioni dell'Inghilterra, egli non aveva creduto di dover dar torto ad un ministero che per la prima volta teneva testa allo straniero. Tutto ciò può essere sincero e vero; ma resta sempre: che Convers si lasciò irreggimentare nell'opposizione dai suoi elettori; che malgrado la libertà del voto v'è sempre nell'elezione qualche cosa che, in relazione al decorso generale delle questioni e al filo da seguire, somiglia ad un mandato imperativo; che quando ci si divide è duopo farlo altamente ed in seguito a spiegazioni, ecc., ecc. È ciò che sentiva assai bene Demesnay, l'uomo del sale, che pur essendo un conservatore dichiarato, avrebbe desiderato che Convers non si separasse così bruscamente dai suoi amici.

Io deploro quel voto di Convers; lo considero come un errore di valutazione da parte sua, ben più che come un'apostasia; penso di lui ch'egli non ha la coscienza abbastanza robusta per dare un voto da lui segretamente disapprovato, nè il carattere abbastanza forte per accusare in faccia il suo partito, come fece una volta Lamartine; e credo, come morale di tutto ciò, che il mandato di deputato non convenga se non ad anime energiche o ad imbecilli. Convers non è nè l'una cosa nè l'altra.

Non ho visitato ancora alcuna loggia; non ho tempo; e se tenevo a far la conoscenza dei padri di Besançon, brava gente in generale, non ho fretta d'andare a farmi subissare da quelli di Parigi.

Ho sentito parlare qui delle prediche di Hennequin. Non ho l'onore di conoscere questo parlatore, e ignoro se debbo metterlo, con Muiron, nella categoria degli illuminati, oppure, con Considerant, in quella dei mistificatori. Ma il fatto è che il fourierismo appare qui come una grande mistificazione, con cui si sottrae denaro agli allocchi, col pretesto di preparare l'emancipazione del popolo. Quella gente appartiene al Correzionale; fortuna per essi che i regi funzionarî non capiscono nulla di economia politica.

Vi prego, caro Maurice, di presentare i miei omaggi alle signore Blecker e i miei ossequi di vecchio scapolo alla signorina Laura. Vi ringrazio delle attenzioni che usate a mia madre; ho appreso, quindici giorni or sono, ch'essa stava sempre meglio.

Tutto vostro

IX

AL SIGNOR MAURICE

Parigi, 25 febbraio 1848

Mio caro Maurice, ritengo di farvi cosa gradita dandovi mie notizie, in mezzo a questo spaventoso trambusto. Una rivoluzione è cosa di cui può venir la curiosità quando la si giudica sui racconti, ma che stanca prodigiosamente la mente con la confusione e col vuoto, quando s'è testimonî. Voi saprete le circostanze di fatto dai giornali, e avrete appreso la nomina del governo provvisorio. Io mi limito a farvi conoscere alcuni episodi particolari e le mie impressioni personali: con ciò sarà completata per voi la storia del 24 febbraio 1848.

Gli errori di O. Barrot e dell'opposizione che lo seguiva furono enormi, e l'evento ha provato una volta di più come quella gente sia cieca. Era uno sbaglio provocare, col pretesto d'un banchetto, una vera insurrezione; fu uno sbaglio ben altrimenti grande indietreggiare dopo la provocazione. Senza quel passo indietro, Barrot e il suo partito potrebbero rivendicare l'onore della giornata, che oggi appartiene incontestabilmente al partito repubblicano. Ma tutto fu assurdo nella condotta dell'opposizione.

Il lunedì mattina essa annunzia che il banchetto avrà luogo. Subito s'organizza l'insurrezione.

Il lunedì sera è dato il contrordine per il banchetto; e l'insurrezione persiste.

Il martedì, passeggiata universale a Parigi. L'opposizione viene accusata vivamente di viltà. Per riabilitarsi di questo errore, essa mette il ministero in stato d'accusa: era soffiare sul fuoco. Cominciano le barricate e il ministero si dimette; si crede che tutto sia finito; ma Luigi Filippo mercanteggia; egli nomina Thiers e Molé. Si trova che non basta, e si continua a spararsi delle fucilate.

Le cose erano a questo punto il giovedì, quando ad istanza degli insorti O. Barrot vien nominato ministro ed incaricato di placare la sommossa. Ma O. Barrot aveva perduto la popolarità; un proclama firmato da lui, ridicolo quanto mai, finisce di togliergli ogni considerazione. Nello stesso tempo, quel gran parlatore, grande imbecille, che aveva 80.000 uomini per dar forza al suo avvento, dà ordine di far ritirare le truppe; era lasciar libero il campo all'insurrezione.

Infatti il popolo avanza sempre, tanto che ieri alle tre le Tuileries erano in suo potere. In quel momento Luigi Filippo abdicava e O. Barrot sperava ancora; le parole ch'egli pronunciò alla tribuna e nelle quali è sufficientemente inabile per menzionare la guerra civile, fanno ridere di pietà. La sommossa entrava a Palazzo Borbone. Chi dunque vuole la guerra civile, si poteva dirgli, se non voi?

Alle cinque la Repubblica, timida alla vigilia, poco rassicurata al mattino, e che alle due non credeva in sè stessa, era proclamata.

Così la Rivoluzione, fatta da una impercettibile minoranza, respinge coi piedi i suoi veri autori. Sarà dei deputati d'opposizione come dei duecentoventuno di Carlo X, che anch'essi fecero una rivoluzione senza volerlo. Saranno eliminati e sarà giustizia.

La Repubblica è posta sotto la tutela di alcuni galantuomini e di burloni di prima forza, ma di rara incapacità. Il 24 febbraio fu fatto senza un'idea; si tratta di dare un indirizzo al movimento, e già vedo ch'esso si perde nel vago dei discorsi. Non vorrei esser troppo pessimista, tanto più che ho partecipato all'azione; ma, infine, passata l'ora della febbre, mi rimetto a riflettere filosoficamente; e mentre gli intriganti, che non credevano a nulla tre giorni addietro, si dividono la vittoria, io che avevo tutto preveduto e che ero preavvisato, deploro che le cose non abbiano potuto combinarsi diversamente. Senza dubbio, il progresso della Francia si compirà, qualunque cosa accada, mediante la Repubblica o in altro modo; ma avrebbe potuto compiersi altrettanto bene col governo decaduto, tale e quale, e costar molto meno. Ah! certamente la gran disgrazia di Guizot è di non poter dire in faccia al mondo quanto egli fosse disilluso delle finzioni rappresentative, monarchiche e d'altra specie; là, secondo me, era il segreto della sua politica; e siccome in fin dei conti è l'opinione contraria che prevale (poi che una Repubblica è sempre una rappresentazione e una guerra di tribune) la rivoluzione che s'è compiuta potrebbe essere benissimo una mistificazione di più.

Voi sapete, mio caro Maurice, in quale conto io tenga quelle meschinità politiche alle quali si dà pomposamente il nome di diritti imperscrittibili del popolo: il suffragio universale, il governo delle maggioranze, il regime parlamentare, ecc., ecc. Io cerco qualche cosa di più positivo, ed è perciò che pur stimando poco il sistema vinto ieri, non ho gran fiducia nel sistema d'oggi.

Ma devo dirvi che cosa è avvenuto di me.

Fin dal mattino, ieri, giovedì, mi son messo in campagna ed ho cominciato la mia perlustrazione. Più di cinquecento barricate tagliano le strade ed i crocicchi di Parigi: è un labirinto di cinquecento termopili. Verso mezzogiorno, avendo ben visto ogni cosa, andai all'ufficio della Reforme in via Rousseau presso il palazzo delle poste. Il comitato radicale, che alla vigilia non chiedeva se non il ritiro delle leggi di settembre con qualche altra insignificante quisquilia; che ieri mattina vi aggiungeva la riforma elettorale su larghe basi: che a mezzogiorno vi reclamava inoltre l'organizzazione del lavoro con non so quale altra banalità, parlava alle due di proclamare la repubblica. Dopo che il presidente Flocon ci ebbe riconfortati con una citazione di Robespierre come un capitano che fa una distribuzione di acquavite ai suoi soldati, io fui incaricato d'andare a comporre in una stamperia queste grosse parole:

Cittadini, Luigi Filippo vi fa assassinare come Carlo X; ch'egli vada a raggiungere Carlo X.

È stata, io credo, la prima manifestazione repubblicana.

– Cittadino, – mi disse padre Flocon nella stamperia ove lavoravo, – voi occupate un posto rivoluzionario.

– Potete contare, – risposi ridendo, – che non abbandonerò il mio lavoro se non dopo averlo fatto.

Un quarto d'ora dopo che il detto proclama fu distribuito, le fucilate cominciarono al PalaisRoyal e ben tosto le Tuileries erano prese. Ecco la parte ch'io ebbi nella rivoluzione.

Io ero al centro della insurrezione e per un momento quei signori credettero che l'esercito cacciasse la sommossa dalla nostra parte per liberare il palazzo delle poste; eravamo dunque discretamente compromessi. Allora l'ufficio della Reforme fu abbandonato. Io non mi picco di coraggio, ma vi attesto che ero felice di veder l'emozione di tutta quella gente mentre raccoglievo tratti sublimi e grotteschi. Ho ancora a rimproverarmi d'aver strappato un albero in piazza della Borsa, d'aver forzato un paracarro sul Boulevard BonneNouvelle, e portato pietre per costruire le barricate. Un giovane in uniforme, allievo della Scuola delle Acqueeforeste, che passava presso una barricata ove io mi trovavo, fu salutato col grido di: Evviva le scuole! Egli rispose facendo graziosamente e aristocraticamente dei segni con la mano.

– Ma, – gli dissi con severità, – dove andate? Bisogna restar qui e lavorare con gli altri!

Non avete mai visto un uomo più imbarazzato, ed io mi volsi da un'altra parte, perchè non mi vedesse a ridere. Sono sicuro che dovette prendermi per un terribile giacobino. Insomma l'operaio val meglio di coloro che lo spingono. Egli è nello stesso tempo allegro, coraggioso, scherzoso e probo. Gli ottantamila uomini radunati intorno a Parigi, non fecero di più di quanto avrebbe potuto fare una semplice pattuglia. I soli che abbiano avuto paura, vi accerto, sono i borghesi e la gente di spirito. Tuttavia, bisogna dire che se l'operaio diede prova d'audacia, non incontrò seria resistenza. È la demoralizzazione del potere e dell'esercito che ha fatto tutto. Il successo d'un'insurrezione non dipende, come qualcuno immagina, da una vera battaglia; proviene sopratutto, ed anzi unicamente, dalla generalità e dalla rapidità del movimento.

Per ottenere questo effetto si tratta dunque di tenere occupata la truppa su qualche punto, di farla correr dietro alla sommossa da una barricata all'altra, mentre se ne elevano dovunque; e poi, quando il primo impulso ha trascinato tutti, e la città è sossopra, e l'esercito riflette ed esita, ed il governo indietreggia e parlamenta: il popolo avanza, ed è fatto! Ma non sono meno convinto che con diecimila uomini di truppa che avessero voluto fare il loro dovere, un generale avrebbe avuto facilmente ragione della sommossa; infatti io m'aspettavo un nuovo vendemmiale.

Iersera la proclamazione della Repubblica sembrava una cosa stravagante: si direbbe che la parola «repubblica» sia un solecismo in francese. Ma l'impulso non s'arresterà; il partito radicale saprà sfruttare la sua vittoria di ieri; e poi, malgrado la sottomissione dei repubblicani al suffragio universale, la Repubblica non cederebbe, io credo, nemmeno di fronte ad un voto della nazione. Si troverà modo di fare che il suffragio universale sia in favore della Repubblica; vi sono dei procedimenti all'uopo. I repubblicani sono intraprendenti, e il partito di mezzo è tanto disorganizzato, tanto debole nelle sue decisioni!

La Borsa di domani, le casse di risparmio, le operazioni della Banca, e l'attitudine delle Potenze ci apprenderanno presto qual grado di fiducia ispiri il Governo provvisorio. Intanto, la guerra di propaganda, e poi la disorganizzazione delle nostre finanze, una crisi commerciale e finanziaria e tutto ciò che ne consegue, mi sembrano fin da questo momento inevitabili.

Per quanto mi riguarda, resterò nella mia solitudine e cercherò d'orientarmi. Il momento è cattivo per lo studio e non ho tempo da perdere oziando. Forse sarò impiegato dal nuovo ordine di cose; chi sà? Forse farò dell'opposizione; ancora, chi sa?

Sento degli operai che gridano: Viva la Repubblica! Abbasso il trucco! Povera gente! Il trucco li allaccia; appunto quelli che stanno salendo al Governo ne sono i ciechi agenti e i primi zimbelli. L'intrigo è dovunque; le chiacchiere trionfano; abbiamo fatto una prova generale del 10 agosto e del 29 luglio, trascinati dall'ebbrezza dei nostri romanzi storici; senza che ce ne avvedessimo, siamo tutti divenuti personaggi da commedia.

Ciò che accade sotto i miei occhi, quello cui ho partecipato senza credervi, è cosa del tutto fittizia, in cui non riconosco nulla di primitivo e di spontaneo. Da oggi io credo alla nostra decadenza, a meno che delle idee gravi e forti, prese da altre fonti che non siano i discorsi di Robespierre, non vengano a ritemprare le nostre intelligenze e i nostri caratteri.

Forse, del resto, sono mal collocato per ben giudicare. Il mio corpo è in mezzo al popolo, ma il mio pensiero è altrove. Seguendo il corso delle mie idee sono arrivato al punto di non aver quasi più comunanza d'idee coi miei contemporanei, ed amo meglio creder falso il mio punto di vista che accusarli di follia.

I miei rispetti alle signore Blécher. Se vedete Micaud, comunicategli la mia lettera e pregatelo di scusarmi. Sono pigro, disgustato, ozioso, e penso già a trarmi in disparte da questa confusione.

Vi bacio, mio caro Maurice, ben cordialmente.

X

AL SIGNOR MAURICE

Parigi, 26 febbraio 1848

Mio caro Maurice, vi confermo la mia lettera di ieri. Il movimento progredisce ammirabilmente. Si dice che il Belgio si sia costituito in Repubblica, ma la notizia non è confermata ufficialmente. Col Belgio, la Svizzera, tra breve l'Italia, vi sarà una federazione di Repubbliche abbastanza imponente per rendere la guerra con l'estero presso a poco impossibile. Ecco il lato rassicurante.

Quanto all'interno, lo stesso movimento segue il suo corso; la questione sociale è stata posata, bisogna lavorare a risolverla. Tutti i partiti, persino gli zimbelli, si schierano dalla parte del popolo; ciascuno fa il suo sacrificio sull'altare della patria: chi sacrifica la legittimità, chi la monarchia costituzionale, ecc. Bisogna che tutti si accomodino a vivere con la Repubblica; nessuna via di mezzo, nessuna alternativa.

Ieri non sapevo che cosa avrebbe fatto questo nuovo Governo, e se avrei avuto a sostenere un'altra lotta sul terreno delle questioni economiche; oggi credo, sono convinto, ch'esso sarà ben disposto; e poi ch'è duopo camminare, vivere, ristabilir l'ordine, mi unirò al governo. L'esitazione di ieri intorno alla Repubblica m'aveva fuorviato; quell'esitazione veniva da Lamartine, dal National e da altri, che assai male a proposito avevano pensato di riservare la sovranità della nazione e la sanzione del popolo. Ora non v'è più dubbio; il popolo, la nazione, il governo, sono la Repubblica. È cosa ancora sufficientemente strana, e non sono il solo a riderne; ma, infine, il ridicolo e il serio sono mescolati a caso nella natura.

Adesso si tratta di non aver paura; se tutti entrano nella Repubblica, essa non può far più male di quanto ne farebbe a Besançon una processione del Santo Sacramento. Ecco in qual direzione bisogna camminare.

I falansteriani offrono i loro servigi alla nazione.

I comunisti s'avvoltolano e si dibattono nell'acqua.

L'abate Chatel e la Chiesa francese cantano un Te Deum. Vedremo dei neocristiani, dei mistici, e tutte le utopie in armi. Non lasciatevi spaventare. Si riderà di tutto ciò, ve lo garantisco.

Resta sempre a ristabilire l'equilibrio degli affari; e là sta il difficile. Io vedo abbastanza chiaro per dire che vi sarà un momentaneo disagio; è impossibile che sia diversamente. È una cosa che vi confesso, ma che amo credere non divulgherete come risaputa da me. Tutti non sono in grado di filosofare sugli avvenimenti e d'ascoltare la verità. Non fate dunque l'allarmista fuor di proposito e spingete con tutte le vostre forze alla fiducia, alla sicurezza.

Se oso pregarvi ancora una volta d'eseguire un mio incarico, sarebbe di dire a Micaud che gli scriverò tra breve e lo esorto ad essere fermo e risoluto in questa circostanza. Io non sono di quelli che gridano: Abbasso Guizot! Abbasso nessuno. Ma il fatto compiuto è ormai irrevocabile; è una sciocchezza guardare indietro. Io non avrei fatto la rivoluzione del 24 febbraio; l'istinto popolare ha deciso diversamente; io mi ritrovo lo stesso dopo come prima, e sono con tutti.

Tenete riservata, vi prego, l'ultima mia lettera; vi sono delle cose che potrei ancora rincarare ed abbellire, ma ch'è inutile far vedere. I pulcinella ballano al palazzo di città, come otto giorni sono a palazzo Borbone; è tutto commedia; la cosa seria è di pensare all'ordine e agli affari, che il nome venerato della Repubblica non risolve.

Ieri Lamartine gridava: Le porte della libertà sono aperte!, e la Assemblea sfilava maestosamente. Ne vedremo ancora delle belle.

Tra poco avrete a nominare uno o due deputati. Scegliete uomini d'affari, che abbiano idee positive, fermezza, che siano poco soggetti al cameratismo e non si lascino trascinare. Bisogna che questa Rivoluzione non s'evapori in parole inutili; meno oziosi vi saranno alla Camera, e meglio sarà.

Mi permetto di unire alla presente un biglietto per mio fratello, che vi prego di mettere alla posta.

Tutto vostro

P. S. – Quattro cittadini armati dei loro fucili escono in questo istante dalla mia stanza. Mi hanno chiesto quando conto di pubblicare il volume che ho promesso da un anno; ne hanno bisogno. Come ve l'ho detto, la Repubblica non ha idee. Lo dicono in alto, se ne accorgono in basso. Se scrivessi come Lamartine, sarei in un mese il primo uomo di Francia.

Non parlate di ciò; si crederebbe ch'io voglia atteggiarmi a personaggio. Voi sapete, al contrario, che il mio temperamento è di burlarmi un poco di tutto, anche di ciò che credo: e questo è il fondo della mia coscienza.

Ho raccomandato ai cittadini di appoggiare il Governo provvisorio; attendendo che la Repubblica abbia detto la sua ultima parola.

AL SIGNOR MAGUET

Parigi, 1° marzo 1848

Mio caro Maguet, io sono ora altrettanto pigro di voi e non scrivo più a nessuno. Ho orrore della penna e del calamaio. Intenderete fino a qual punto ciò sia vero, quando vi avrò detto che due mesi addietro ho perduto mia madre, sei settimane or sono mia zia, ed ho lasciato il posto che avevo a Lione per venire a vivere all'avventura, senza ricordo della vigilia nè preoccupazione dell'indomani.

Tutto ciò è accaduto senza che io vi abbia prevenuto di nulla, quantunque pensassi sovente a voi, ma per la sola ragione che avrei dovuto scrivere.

Eccoci con una rivoluzione di più sulle spalle: Luigi Filippo ispirava tanto disgusto, che malgrado l'oscurità dell'avvenire e il rischio dell'ignoto si è voluto piuttosto finirla con lui che restar più a lungo nello statu quo. E d'altronde che importa che 500.000 uomini muoiano ogni anno di guerra civile e straniera o di miseria lenta? Ciò ch'è fatto è bene, poi ch'è fatto; ma vi giuro che non ne sono punto commosso, e che dopo aver preso parte attiva alla faccenda resto forse il solo uomo in Francia che non sia affatto rivoluzionato. Ciò ch'era vero per me ieri, è vero oggi; la repubblica del National non vi muta assolutamente nulla. Le marionette ballano al palazzo di città, come otto giorni or sono ballavano a palazzo Borbone. La corruzione è la stessa, l'egoismo è altrettanto grande, le mistificazioni sono del pari piacevoli, i puffs sono altrettanto enormi. Non v'è che questo buono e bravo popolo il quale, pur restando anch'esso il medesimo, sempre fiducioso, sempre credulo, sempre ingannato, valga nondimeno qualche cosa.

Quando crederete opportuno di venire da queste parti, mi troverete nella mia botte filosofica; vivo oscuro e nascosto, faccio raccolta di stranezze repubblicane e mi appresto a mitragliare il Governo provvisorio.

Lasciamogli passare la quindicina.

Vi stringo la mano e vi bacio, mio caro dottore, e se più tardi avete bisogno di un assistente per far la guardia alle vostre pillole e far le corse dai malati, potete contare su me. Non domando che la indennità che la Repubblica accordava agli operai per forzarli ad assistere alle sedute dei giacobini: 40 soldi al giorno.

Addio; auguro ai vostri malati di godere la mia salute.

XII

AL CITTADINO LOUIS BLANC

Segretario del Governo Provvisorio

Parigi, 8 aprile 1848

Cittadino, mi prendo la libertà d'inviarvi una copia della prima puntata della mia Soluzione del problema sociale e del Saggio che accompagna quella puntata ed è relativo all'organizzazione della circolazione e del credito. Vi sono in questi due opuscoli, ve lo confesserò senza ambagi, cose sgradevoli per il Governo provvisorio e per voi. Queste cose, le deploro; e spontaneamente vengo ad offrirvene spiegazione e riparazione. Giudicherete dell'attitudine che dovrete tenere, se le mie dichiarazioni vi sembrano sincere.

Il Governo provvisorio, nell'imprevisto della sua situazione, ha commesso degli errori: ciò non ha bisogno d'essere dimostrato. Avevo, come tutti, il diritto di segnalarli: forse era fuor di stagione che io lo facessi con la vivacità che pongo in tutti i miei discorsi. La mia disgrazia è che le mie passioni si confondono con le mie idee; la luce, che rischiara gli altri, mi brucia. Se mi accade di far la critica d'una teoria, supponendo involontariamente che l'autore mi rassomigli, ragiono come se la volontà ed il giudizio fossero in lui cose identiche. E quando m'inganno io stesso, ne sono confuso e me ne accuso come di un delitto. Qualunque cosa io faccia, m'è impossibile cambiare questa sciagurata disposizione di spirito.

Se vi ho ben giudicato, cittadino Louis Blanc, è esattamente il contrario che ha luogo in voi. Voi siete l'uomo del sentimento, dell'amore, dell'entusiasmo. Mentre in me le passioni provengono dalla testa, in voi le idee sembrano tutte salire dal cuore. Forse tra noi due formeremmo un uomo completo; ma fino a che non si òperi tra noi uno scambio delle rispettive qualità, è fatale che non ci intendiamo; è quasi certo che saremo nemici. In fondo, ciò che vi rimprovero è precisamente ciò che mi manca e che vi invidio; in favore del motivo dimenticherete che gli attacchi non possono togliervi nè accrescervi valore. Sono stanco di far la guerra; amerei meglio aver da fare la difesa; del resto il nemico comune non è il Governo. Datemi di ciò ch'è vostro, e io vi darò di ciò ch'è mio. È il solo mezzo di stimarci e di ben servire la Repubblica. In questa reciprocità è tutto il mio segreto per la soluzione del problema sociale.

Il vostro progetto di organizzare delle officine nazionali contiene un pensiero vero, e che approvo malgrado le mie critiche.

Di questo pensiero voi stesso avete coscienza; ma sembra che non lo riguardiate se non come secondario, mentre a mio avviso è tutto. Voglio dire che sotto il nome di officine nazionali intendete delle officine di fondazione, delle officineprincipi, se posso dir così, chè tutte le officine sono nazionali, quantunque restino e devano restare libere.

Ciò che vi preoccupa è dunque la necessità di realizzare un principio, di dar corpo e faccia al nuovo diritto, alla nuova istituzione, lasciando poi che si sviluppi da sè, per virtù dell'idea, per energia del principio.

Volete, cittadino, incaricarvi di far esaminare, e al caso fare accogliere dal Governo provvisorio il mio progetto di organizzazione del credito? Io mi incaricherei, in cambio, di organizzare le vostre officine.

Il mio progetto di Banca di scambio, ch'è la parte essenziale del mio Saggio, è un'idea che appartiene a voi altrettanto che a me. È quella che avete cercato e forse concepito nei vostri studî sul sistema di Law; è quella che hanno perseguito tutti gli economisti. La Banca di scambio, mercè la generalizzazione del mandato, è la grande molla dell'organizzazione del lavoro.

Se dopo aver letto giudicate che io mi sia ingannato, non ho più che ad abbassare gli occhi; interrompo ogni pubblicazione; rinuncio ad occuparmi ulteriormente dei problemi economici.

In caso contrario, prendete la mia idea sotto la vostra protezione e cedetemi la vostra; chè, permettetemi di dirvelo, cittadino, la organizzazione delle officine è un'opera che esce dalle vostre attribuzioni, non che vi manchi la capacità, ma perchè la vostra posizione ve lo vieta.

Voi fate parte del Governo; voi rappresentate, non più un partito, ma gli interessi generali della società. Voi non siete più l'uomo della Riforma, nè della Organizzazione del lavoro; ed ogni iniziativa, la cui tendenza apparisse contraria ad una classe qualsiasi della società, vi è interdetta. Voi appartenete alla borghesia come al proletariato. Proteggete, incoraggiate l'emancipazione delle classi lavoratrici; apprendete agli operai ciò che devono fare; non intervenite voi stesso, non compromettete la vostra responsabilità. Voi siete uomo di Stato; rappresentate il passato e l'avvenire.

È con questo pensiero, cittadino, che chiedendovi il vostro concorso per un'idea ch'è tutta di spettanza del Governo, vengo a mettermi a vostra disposizione per un'altra idea che non è di sua competenza. Se i miei servigi fossero accettati da voi, cittadino, io domanderei che gli atti e i documenti già raccolti dalla Commissione mi venissero comunicati; avrei poi l'onore di sottoporvi un progetto, così sul procedimento a seguirsi, come sulla nuova forma di società che si tratta di definire e di creare tra i lavoratori.

Vi scrivo, cittadino, in un momento in cui la sensibilità, riprendendo in me il sopravvento, riconduce l'equilibrio nella mia anima. Il mio passo presso di voi è ispirato a devozione, e spero che tale lo giudicherete. Tuttavia, qualunque sia il mio desiderio d'esservi gradito, mi permetterete di aggiungere che sono spinto sopratutto dall'interesse maggiore della Repubblica.

Conto, cittadino, sull'onore di una risposta. La seconda puntata del mio libro è tirata; di fronte alle difficoltà della situazione, mi propongo di sospendere la mia pubblicazione. Ho bisogno di sapere in proposito se, in luogo di scrivere, posso più efficacemente contribuire al consolidamento della Repubblica.

Vi saluto cordialmente, cittadino.

XIII

A CARLO PROUDHON

Parigi, 12 aprile 1848

Mio caro Carlo, ho ricevuto le tue due lettere e rispondo all'ultima unicamente per rassicurarti sulla mia sorte. Coloro che mi detestano in questo momento non sono i proprietarî, sono gli uomini del Governo. Non ti dico di più.

Non hai nulla a dire da parte mia, nulla a pubblicare od a comunicare in mio nome. Tu non puoi sapere ciò che voglio nè ciò che debbo fare; il solo partito che tu abbia a prendere è di rimetterti agli stampati che mando a Besançon ed alle lettere che invio agli elettori e che senza dubbio verranno pubblicate. Rimani tranquillo, non riscaldarti; non metterti avanti per alcun progetto, per alcuna opinione; segui soltanto il cammino ch'io traccio a tutti nelle mie pubblicazioni. Non anticipar giudizî, non far supposizioni, non prender partito per chicchessia, chè non puoi sapere come volgeranno le cose e convien evitare di compromettersi con manifestazioni premature. Io solo so qui ciò che bisogna fare, e lo dico mano mano che lo credo utile.

Saluterai per me tutti i nostri amici e parenti, e farai parte loro, se vuoi, delle raccomandazioni che ti faccio. Di' che non siano più rivoluzionarî della rivoluzione e che non s'affrettino a metter le mani in cosa alcuna, perchè non vedendo l'insieme delle cose non farebbero altro che aumentare il pasticcio.

In momenti simili bisogna essere leone e volpe, serpente e colomba nello stesso tempo. E ciò non è dato a tutti.

Tuo fratello

XIV

A MICHELE CHEVALIER

Professore di economia politica

Parigi, 14 aprile 1848

Signore, nella vostra terza lettera sull'organizzazione del lavoro, comparsa ieri nel Journal des Débats, voi mi citate insieme a Pecqueur quale capo di una setta particolare di comunisti, che chiamate comunisti egualitarî e continuatori di Babeuf; mi rendete, per questo titolo, solidale nell'insuccesso di Louis Blanc, imprenditore ufficiale dell'organizzazione del lavoro, e dichiarate addirittura il mio sistema altrettanto impotente di quello di Louis Blanc ad estinguere il pauperismo, ch'è la grande questione del secolo.

In maniera che io, che ho confutato il comunismo in modo da dispensare chicchessia d'occuparsene in avvenire, mi trovo compreso nella proscrizione comunista.

Io, le cui idee non hanno alcun rapporto con quelle di Louis Blanc, e che non comparvi una sola volta al palazzo del Lussemburgo, vengo sepolto da voi nella stessa fossa di Louis Blanc.

Io, infine, che finora non pubblicai che critiche: critica dell'economia politica, critica del socialismo, del comunismo, del fourierismo, del sansimonismo, critica della monarchia, della democrazia, della proprietà, ecc. ecc., sento pronunciar la condanna del mio sistema, il qual sistema non ha mai veduto la luce

L'altro giorno, il Constitutionnel mi citava come comunista; recentemente, la Revue des Deux Mondes mi presentava del pari quale comunista; ciascuno, eccettuati coloro che mi leggono, mi crede comunista: e non si manca mai di dichiarare il mio sistema falso, impraticabile, avverso alla libertà, sovvertitore della società, della famiglia, ed altre qualifiche più o meno spiacevoli.

Ho sempre lasciato correre queste incongruenze, per il solo timore che le mie proteste venissero prese per della réclame; e se in questo momento mi decido ad indirizzarmi a voi, è che mi pare stia nell'interesse generale ch'io rompa il silenzio. Sarebbe troppo comodo rispondere alle critiche, fatte da vent'anni alle istituzioni sociali, con l'epiteto di comunista; ed i nemici della rivoluzione di febbraio la finirebbero così troppo agevolmente col proletariato.

Lasciamo dunque, se vi piace, Louis Blanc e la sua utopia. Louis Blanc non è affatto la personificazione del nuovo sistema sociale. Ecco, salvo errore, come la questione deve essere posta da ogni scrittore di buona fede.

Il popolo, che ha fatto la rivoluzione di febbraio, non è nè sansimoniano, nè fourierista, nè comunista, nè babouvista: non è neppure giacobino, nè girondino.

Ma il popolo ha perfettamente compreso queste due cose: da un lato, che la politica non è nulla; dall'altro, che l'economia politica, quale l'hanno insegnata Say, Rossi, Blanqui, Wolowski, Chevalier, ecc., non è che l'economia dei proprietarî, la cui applicazione alla società produce fatalmente e organicamente la miseria.

Credo di aver più di chicchessia contribuito a stabilire quest'opinione. Ciò ch'è vero economicamente nei riguardi del semplice privato, è falso dal momento che si vuole estenderlo alla società; questa

30

proposizione riassume tutte le mie critiche. È così, per esempio, che il prodotto netto e il prodotto lordo, distinti per l'industria privata, sono identici per la nazione; che il ribasso del salario, ch'è impoverimento per il lavoratore che lo subisce, diventa aumento di ricchezza quando si applica a tutti; che dal punto di vista collettivo è così per tutti i teoremi della vecchia economia politica, la quale, ripeto, non è che economia domestica. Ora, che cosa domanda oggi il popolo? Il popolo domanda, ed è la questione ch'esso ha posto il 24 febbraio, che, pur rispettando la libertà individuale, in qualunque forma si manifesti, si rifaccia un'economia politica (pubblica o sociale, come vi piacerà) che non sia una menzogna; che è mentire al popolo ed alla giustizia voler spiegare alla società le pratiche dell'egoismo. I fatti sono là a provarlo.

Per soddisfare questo desiderio del popolo, che cosa fanno i socialisti?

Con un errore analogo a quello degli economisti, essi vogliono estendere alla società intera il principio di fraternità che esiste nella famiglia ed il principio di solidarietà che fa la base delle società civili e commerciali definite dal Codice. Da ciò l'utopia falansteriana e tante altre che voi conoscete al pari di me.

Ora, la fraternità e la solidarietà nel corpo sociale non rassomigliano alla fraternità domestica ed alla solidarietà delle società in nome collettivo più di quanto le leggi del credito, della produzione e della circolazione, dal punto di vista del popolo, rassomiglino alle regole del credito privato, della produzione e del consumo privati.

Ho svolto in un'opera, pubblicata più di diciotto mesi or sono, questa opposizione fondamentale: Se fosse piaciuto agli economisti di far stato delle mie osservazioni, avrebbero potuto prevenire gli avvenimenti di febbraio, e la rivoluzione sociale si sarebbe compiuta senza catastrofe. E se il socialismo, e Louis Blanc in particolare, fossero stati suscettibili di ricevere un buon consiglio, che io opponevo ai loro sogni, non avremmo oggi lo spettacolo disperante che ci dà il palazzo del Lussemburgo. Ma facendo la critica di tutte le opinioni, ho dovuto attendermi a non essere ascoltato da nessuno; infatti, non domando che una cosa, cioè che mi si risparmi la calunnia. Economisti e socialisti mirano dunque ugualmente, secondo me, ad un intento impossibile a raggiungere; i primi applicando alla società le regole dell'economia privata; i secondi applicando ad essa la fraternità privata. È sempre individualismo, sempre soggettività, contraddizione.

Ecco quanto non ho cessato di dire da otto anni. Del resto, sono stato sobrio di affermazioni; non ho pubblicato alcun sistema, e nessuno può dire se io sia o non sia in grado di guarire la miseria.

Tuttavia, volendo dare un'idea di ciò che deve essere, nel mio pensiero, la soluzione del problema sociale, ho pubblicato un progetto di organizzazione della circolazione e del credito, che mi permetto di inviarvi.

O m'inganno molto, o non vi troverete vestigio di comunismo, nè di babouvismo, e vi scorgerete un'economia politica costituita su altre basi che non siano quelle di J.B. Say e di Ricardo.

Poi che, e siete voi stesso che lo dite, poi che è venuto il giorno di discutere tutti i sistemi, mi obblighereste assai, e sarebbe da parte vostra giustizia, se esaminaste questo saggio del mio sistema. Il popolo si è troppo avanzato per rinculare; è duopo assolutamente stabilire uno dei nuovi principî: il diritto del capitalista e dei lavoratori; bisogna, in una parola, che la questione sociale sia risolta. Altrimenti attendetevi a tutti gli orrori della guerra civile, a tutte le miserie dell'«agraria».

Deploro sinceramente, signore, la destituzione da cui foste colpito, e che, lo temo, vi ha trovato troppo sensibile per un uomo di sì alta intelligenza. Non avrei consigliato questo atto di rigore inutile, tanto più che, economista innanzi tutto, voi siete scettico in fatto di governo. Francamente aggregato (rallié) alla rivoluzione, voi avreste potuto col vostro ingegno servire il popolo, anche resistendo alle innovazioni.

Deploro che miserabili rancori vi abbiano respinto nel campo nemico.

Conto sulla vostra cortesia per la pubblicazione della presente nel prossimo numero del Journal des Débats, e vi prego di gradire l'assicurazione della mia perfetta stima.

XV

AL SIGNOR MAGUET

Maggio 1848

Mio caro dottore, la vostra amicizia mi penetra fino in fondo all'anima; vorrei che aveste bisogno in questo momento ch'io mi facessi tagliare una gamba per esservi utile; la presenterei di gran cuore al chirurgo. Uno dei miei amici, al quale mostrai la vostra lettera, ha pianto di ammirazione.

Ma, mio caro amico, io sono forse più degno della vostra stima di quanto pensiate, nel senso che so vegliare io stesso alla mia riputazione.

Siate tranquillo sulla mia situazione.

Nella cassa del Peuple vi sono attualmente 25.000 franchi.

Dico 25.000 franchi che, se non fossero il fisco e il processo, non dovrebbero nulla a chicchessia.

Il giorno in cui potrò condurre quest'impresa e sostenerla senza aver bisogno di richiamar l'attenzione con quei colpi impreveduti che producono un sequestro, sarà un affare che frutterà 100.000 franchi netti all'anno.

Già da sei o sette settimane non abbiamo avuto sequestri, eccettuato quello dei giorni scorsi, che cadrà nel nulla, essendo stata la Procura mistificata dal mio articolo sulle cospirazioni, come lo fu lo stesso Constitutionnel. Ritengo che al punto in cui è il favore del pubblico, potremo sostenerci senza forzare il passo.

Del resto, i nostri sottoscrittori non vengono rapidamente; circa un terzo delle azioni è scoperto.

Ciò che ho detto della mia situazione personale è vero. Ho 3000 franchi nella cauzione, più 6000 franchi che mi furono rimessi da un giovane nobile di Bretagna, al quale la famiglia vieta ogni relazione con me.

Avevo anche alla Banca del Popolo due uomini sicuri, che tenevano l'occhio aperto e mi avvisavano di tutto.

Li ho trasferiti all'amministrazione del Peuple. Tutto procede bene; siate senza inquietudini.

Il pubblico fu sbalordito dal mio resoconto; la stampa, dapprima tanto insolente, restò schiacciata; ed io mi trovo un po' più alto e più solido sul mio piedestallo; consentitemi questo stile, del quale sono il primo a ridere.

Il modo come mi sono disfatto della cricca che mi circondava e mi assediava e mi spiava alla Banca del Popolo, è apparso un atto di vigore e di abilità. Non avevo potuto liberarmi di costoro all'inizio; mi occorreva quest'occasione.

Ora, in fatto di politica, dal resoconto della seduta di sabato dell'Assemblea nazionale e da quanto i giornali vi diranno dell'agitazione dei gruppi, potete giudicare come io imbarazzi il Governo con la mia resistenza legale e col mio diritto repubblicano, del quale svolgo di tempo in tempo qualche principio.

Insomma, i conservatori d'ogni gradazione sono spinti poco a poco a dichiarare che vogliono la Repubblica, onesta, beninteso, ma infine la Repubblica. Mi resta la serqua della Montagna, dei socialisti clubisti, ecc., che non vale quattro soldi, e che la mia sempre crescente influenza indispone singolarmente. Ecco quale sarà presso a poco la mia tattica:

Avete saputo che, prima di scendere in piazza, avevo voluto compromettere i capi. Ciò non è piaciuto affatto, in modo che a mia volta pianterò i cospiratori e artefici di insurrezioni e mostrerò il trucco al popolo, che comprende a meraviglia.

Poi il Peuple farà le sue osservazioni, avvertendo, giudicando, burlando, timpanizzando uomini della Montagna e socialisti quando marceranno di traverso.

Ho dei manoscritti per parecchi anni.

Ed ora, a voi! Quando andate a Dampierre? Fatemelo sapere. Ho deciso di farvi una visita colà.

Ho percorso tutto il Belgio: non so dove fermarmi, sapendo che la Polizia ha delle istruzioni segrete e sentendo ogni giorno parlar di me in modo assai poco lusinghiero. La mia salute, fortunatamente, è abbastanza buona. Ma sono divenuto tanto cauto e diffidente che non dò a nessuno il mio indirizzo, e che per darlo a voi, a voi in via di eccezione, sono costretto ad usare incredibili circonlocuzioni. Ricordate quel vecchio professore di filosofia, di fronte al quale il mio atteggiamento vi appariva così comico? Prendete la prima, la sesta, la quarta e la seconda lettera del suo nome; mettete in testa l'iniziale del nome di battesimo di un celebre grammatico di vostra conoscenza, morto giovane per soverchia amicizia per sua moglie; riunite: suppongo che sappiate abbastanza di geografia, che conosciate sufficientemente la carta d'Europa per supplire al resto.

Se mai avete voglia di vedermi e di fare una corsa fin là, farete bene a preavvisarmi quattro giorni prima; avrò cura di non allontanarmi e vi metterò la mano addosso come una guardia di pubblica sicurezza. Quanto al mio nome sconosciuto, scrivetemi per mezzo del Peuple.

Il Belgio è un paese monotono. Ho gran voglia di risalire il Reno fino a Basilea. L'ansietà degli avvenimenti mi trattiene; e poi aspetto che la mia situazione sia del tutto liquidata.

Quando vi vedrò? In verità, mio caro, quando fisso su voi la mia attenzione e penso alla vostra amicizia, non posso impedirmi di dire: La Repubblica è una prostituta, che non vale la pena che mi dò per essa.

Salute e fraternità.

XVI

AL NOTAIO ABRAM,

A ORCHAMPVERNON (Doubs)

Parigi, 31 maggio 1848

Mio caro camerata, tu vuoi assolutamente ch'io ti mandi la mia professione di fede e mi annunzi, se essa è saggia, trecento voti tra i tuoi onorevoli concittadini.

Quando leggo le circolari che ci inondano; quando vedo con quale facilità la gente che ha più spirito si compromette senza saperlo, diffondendo le proprie sciocchezze parlamentari; quando, infine, rumino sul pericolo di una prova di quel genere, ti confesso che per la mia riputazione preferirei di molto non dovermi esprimere affatto.

Bisogna tuttavia ch'io risponda alla tua lettera, così categorica, così perentoria, che leggendola mi pareva di ricevere una citazione. Per quanto tu ti sia avvolto nell'uguaglianza e nella fraternità, ho riconosciuto subito l'uomo del protocollo. Poi che lo vuoi, ti dirò semplicemente, e in maniera che tutti l'intendano, ciò che sono, ciò che voglio. Tu farai, se ti parrà opportuno, della mia dichiarazione alquanto viva un atto extragiudiziale.

La mia famiglia è d'origine montanara, nota per il suo sentimento religioso, il suo civismo, il suo rispetto per le tradizioni della FrancaContea: tutte cose che devono render cara la mia candidatura agli abitanti del distretto di Morteau.

I miei precedenti politici sono noti, e tu puoi farne testimonianza. Sono repubblicano, non solamente della vigilia, ma dell'avantivigilia: la data delle mie opinioni risale, se non erro, al 1827 o 1828, all'epoca in cui nessuno sapeva che cosa fosse la Marsigliese. Per questo riguardo offro dunque tutte le garanzie desiderabili di fedeltà alla Repubblica.

Devo dire tuttavia che dal 1827 le mie idee si sono alquanto modificate, nel senso che non sono nè girondino, nè della Montagna, e nemmeno babouvista; la mia mente ha camminato col secolo. Infatti, credo la Costituzione del 1793 altrettanto insignificante della Carta del 1830; e se trovo a ridire alla politica del Governo provvisorio, è perchè ci dà una ripetizione del '92, senza comprendere che siamo nel 1848. Dunque, se facessi parte dell'Assemblea nazionale, domanderei conto al Governo provvisorio, quando verrà a leggere il suo discorso della Corona, di questo falso spirito rivoluzionario, che si nota in tutti i suoi atti e al quale io attribuisco tre quarti del disagio della situazione.

Quanto alle mie idee sociali, è il punto più scabroso di tutti. Non si mancherà di dire ai buoni abitanti della montagna che sono stato io a scrivere queste orribili parole: La proprietà è un furto! Ne trarranno la conseguenza ch'io voglio la comunione dei beni, delle mogli, dei figli, che so io? forse la comunione delle gambe e delle braccia!

Tu puoi affermare altamente che non voglio rompere nessun matrimonio; ch'io intendo al contrario che chi ha preso moglie la tenga; non sono abbastanza filantropo per separare ciò che l'amore ha unito. Del resto, sono tanto poco comunista, ch'è precisamente quale avversario della comunione che gli Icariani m'hanno cancellato dalla lista dei loro candidati.

Per quanto riguarda la mia celebre definizione la proprietà è un furto, si tratta di una questione di economia speculativa, da discutersi tra il commissario del Governo provvisorio, Drevon, e me, ma che non tocca per nulla la pratica degli affari, la sola cosa che interessi i nostri concittadini. Quando io dico che la proprietà è un furto, intendo, per esempio, che i contadini sono in generale troppo poco ricchi, che non mangiano abbastanza carne, non bevono abbastanza vino; che il loro pane è troppo misto d'orzo, d'avena e d'altre fecole; ch'essi pagano troppo caro il sale: in una parola, che per le loro mani non passa abbastanza denaro. Per essi il numerario è tutto l'anno come è a Parigi da un mese: è un disordine al quale mi propongo di portar rimedio.

Non insisterò sulla mia fede religiosa. Quando non mi parlano di niente, ho la religione del carbonaio. Appena si vuol costringermi a credere, la mia mente si ribella; sta nella mia natura di contraddire sempre l'autorità. Per gli ecclesiastici, come per tutti i pubblici funzionarî, ho in genere molta stima; ma fui sempre ribelle alla Chiesa come al Governo.

Io voglio che lo Stato paghi i preti fino a che la religione sarà uno dei principî della società; ma non voglio che il salario dato dallo Stato divenga per la religione un mezzo d'esistenza, poi che in tal caso essa sarebbe un prodotto parassitario; non sarebbe più un principio. È perciò che chiederò all'Assemblea nazionale che ogni prete che guardi le donne alla messa sia destituito dalla sua carica e gli venga dato moglie.

Ecco, caro mio, le spiegazioni che posso offrirti. Tu che sai leggere in una carta il bianco al pari del nero, farai ai tuoi amici i commenti che crederai; mi rimetto pienamente alla tua prudenza ed alla tua discrezione.

Tra qualche giorno riceverai il Saggio della soluzione del problema sociale, che sto attualmente pubblicando.

Ti saluto in Christo et Republica.

AL SIGNOR PAUTHIER

24 agosto 1848

Mio caro Pauthier, la mia popolarità, come dite benissimo, è talmente spaventevole e l'orizzonte politico è tanto carico, che mi propongo appunto di venirvi a chiedere ospitalità per qualche giorno a VilleEvrard, semprechè ciò non vi pesi. Là, avremmo il tempo di far la mia biografia e di rispondere ai vostri bravi tedeschi.

Il mio giornale fu sospeso la seconda volta, per decisione del Consiglio dei ministri. L'applicazione delle leggi non è sembrata sufficiente a quei signori; essi amano meglio lo stato d'assedio. Quando finirà, codesto stato d'assedio? Oso rispondere: mai! No, mai finirà lo stato d'assedio per effetto della volontà del popolo. Il che vuol dire che la Francia ha il regime della sciabola fino a che abbia quello della Repubblica democratica e sociale. Provvedete ai casi vostri!

La discussione dell'Inchiesta si prepara; dubito che si compia senza che le due parti dell'Assemblea vengano alle mani.

Vedete a che punto siamo! Io ho cercato di dare un fine, un nome, una causa, una realtà, un'essenza, alla rivoluzione di febbraio, proclamando il principio della gratuità del credito e della riduzione progressiva di tutte le rendite e di tutti gli interessi, compiuta senza spogliazione, senza espropriazione, e con beneficio per tutti. Si ostinano a calunniare tutto ciò. Ma l'idea, il germe, è piantato; esso crescerà, checchè ne dicano, e coprirà la terra coi suoi rami. Non ho più che ad inaffiare il germe, ed attendere.

Siamo in una spaventosa confusione. All'infuori di me, che so ciò che voglio e vedo chiaro nella situazione, non scorgo un'intelligenza che non sia fuorviata. In questo temporale elettrico, la scintilla non può tardare ad irrompere; che cosa produrrà? Sono inquieto e quasi spaventato. La reazione legittimista, bonapartista, orleanista, guadagna terreno; i partigiani dei tre pretendenti sono coalizzati e non ho dubbio che il Governo stesso sia nella cospirazione. Si aspetta, per scoprirsi, una occasione; si ha bisogno di un colpo di mano, e lo si cerca. Il popolo, messo sull'avviso, sta in guardia e non si muove; è ciò che fa arrabbiare i più intriganti. Ma la situazione, così fatta, è troppo equivoca per durare a lungo, e bisogna attendersi tutto.

Ditemi, caro Pauthier, se potete offrirmi un po' di latte per alcuni giorni, nel caso che gli avvenimenti mi costringessero a prendere una licenza.

Ditemi anche se, in caso di bisogno, potrei disporre del vostro appartamento in via San Domenico. Vedete che sono ridotto a prendere delle precauzioni. Non sono ancora cospiratore, ma devo pensare alla mia sicurezza come se cospirassi!

Addio, tutto vostro.

P. S. – Indirizzate la vostra risposta a Gauthier, rue Mazarine, 70.

XVIII

A E. DE GIRARDIN

La Conciergerie, 22 gennaio 1851

Signore ed excollega, dopo la nostra conversazione di ieri, al momento in cui alcuni ambiziosi si sforzano di dividere nuovamente le nostre file, credo utile dichiararvi, nel modo più chiaro, tutto il mio pensiero.

Noi appoggeremo, i miei amici ed io, e molti appoggeranno con noi, e difenderemo, anche discutendone gli atti, contro le imprese dei partiti e delle sette, ogni Ministero repubblicano, il quale, dopo aver dato all'ordine di cose fondato in febbraio le sicurtà volute dalle circostanze della sua formazione, percorrerà fedelmente la via tracciata dalla Costituzione, prenderà per regola della sua politica l'opinione liberamente manifestata dal paese, e s'asterrà, nel suo governo, da qualunque iniziativa sui punti fondamentali dell'organizzazione politica e dell'economia sociale.

Còmpito di noi pubblicisti è di preparare l'opinione; compito del Governo è di seguirne i decreti. È così che noi intendiamo la Repubblica e la rivoluzione. Certamente, noi crediamo di avere per noi la verità; ma, se non pretendiamo di imporre le nostre idee agli altri, siamo ben decisi a non soffrire che gli altri ci impongano le loro.

Rivoluzionarî avanti tutto, ma rivoluzionarî repubblicani, cioè dal basso, noi domandiamo la maggior libertà di discussione, allo scopo di assicurare al popolo la più grande libertà di accettazione. I nostri nemici, sappiatelo bene, i nostri soli nemici, sono tutti coloro che impediscono di discutere, o che, senza discutere, ci obbligano a subire il loro arbitrio come fosse legge.

Il Ministero che seguirà questa politica così semplice è certo di vivere e non avrà nulla da temere dai nostri attacchi, quand'anche dovesse subire le nostre critiche. In queste condizioni le crisi politiche ci appaiono prive di ragione d'essere, il governo facile, l'ordine e il progresso assicurati. Voi potete, se ve n'è il bisogno, far parte di ciò a chi di diritto: è l'alfa e l'omega della nostra fede come della nostra ambizione.

Vi stringo la mano.

N. B. Questa lettera è stata scritta in vista di facilitare l'avvento di un Ministero di transizione repubblicano e democratico: essa non ha valore che da questo lato; potrebbe non esprimere più il pensiero dell'autore se le circostanze mutassero e se la situazione volgesse maggiormente verso la rivoluzione.

XIX

A MARCO DUFRAISSE

La Conciergerie, 11 giugno 1851

Mio caro Marco, ho appena letto il manifesto all'Europa, datato da Londra e firmato Mazzini, Ruge, Darasz e LedruRollin.

Non ho che una cosa a dirvi: che se questo quadrunvirato continua su quella base, non attenderà lungamente la mia protesta energica e motivata.

Non mancava loro che d'essere applauditi da quell'imbecille di National. Decisamente, mio caro, intorno a noi non si lavora che per dei pontificati, delle presidenze, delle dittature, degli ammiragliati. Ne sono ubbriaco. Sento che avremo delle questioni con tutta questa gente.

Ne potete prevenire gli amici. Vedete come l'ambizione sa farsi Tartufo? Si è già amici dell'ordine, nè più nè meno di Cavaignac; oppositori all'anarchia, come Duclerc; si degna riconoscere che la democrazia non può rinunciare alla libertà e all'eguaglianza; ma l'ordine prima di tutto; la libertà in una giusta misura.

Niente terrore, essi dicono; della fermezza solamente! Eh! vigliacchi! parlate chiaro o tacete. È ai rivoluzionari che la vostra fermezza si farà sentire in primo luogo; i galantuomini saranno sempre vostri amici.

E con qual coraggio addossano le loro palinodie ai popoli? Chi è stato, se non Mazzini, a dire a Milano: «L'Italia farà da sè»? Chi si è burlato dei rivoluzionari francesi, se non Ruge ed i suoi pari? Con qual coraggio accusano essi la Francia, quando per quattro mesi LedruRollin non ha emesso un sol grido?

È un po' troppo vedere quattro pretendenti intimare degli ordini alla democrazia europea, e voler spadroneggiare sulla Rivoluzione. Ciò che mi affligge sopra tutto, è di vedere LedruRollin servire da compare, per non dir da zimbello, a codesti intriganti, che contano su noi per rientrare nei loro governi, e che credono di tenerci perchè si sono impadroniti di quel povero uomo.

Marco, Marco, io sono... in collera.

Vi stringo la mano.

XX

AL SIGNOR L. FAUCHER

Ministro dell'Interno

La Conciergerie, 25 luglio 1851

Signor ministro, l'amministrazione delle prigioni ci aveva accordato, a parecchi miei compagni di prigionia ed a me, la facoltà di uscire due giorni per settimana, nell'interesse dei nostri affari domestici, e della nostra salute. Essa non aveva imposto che una condizione a questo favore: cioè di non mostrarci nei luoghi pubblici e nelle riunioni politiche.

Da qualche tempo, per una ragione di disciplina amministrativa, o per altro motivo che non dobbiamo giudicare, al quale, però, non ha dato luogo la condotta di nessuno di noi, questo permesso ci è stato tolto; e siamo informati che non è più al Prefetto di Polizia, bensì a voi, signor ministro, che dobbiamo rivolgere le nostre sollecitazioni.

Io vengo dunque, per ciò che mi concerne personalmente, e con sincero dispiacere di occupare la vostra attenzione per così poco, a pregarvi, signor ministro, di voler dare gli ordini necessarî perchè io sia reintegrato, di fronte al signor direttore della Conciergerie, nei medesimi vantaggi di sei settimane fa. Cambiando qualche volta di residenza, non uscirò per ciò dalla mia solitudine.

Io sono con fiducia, signor ministro, il vostro umilissimo servitore.

XXI

A J. MICHELET

SaintePélagie, 19 febbraio 1852

Signore, dopo la visita che voi avete voluto farmi a SaintePélagie, gli avvenimenti che si sono svolti senza interruzione hanno rotto il filo di tutte le relazioni, di tutte le idee. Si è pensato ai proprî amici carcerati, proscritti, minacciati; si è cercato il proprio paese, i proprî concittadini, la Francia; si visse nell'angoscia e nello stupore; si sono dimenticati, con la cura degli interessi, persino i doveri della cortesia, dell'amicizia, della riconoscenza. Siamo veramente del nostro secolo? Non abbiamo forse sognato la nostra vita? Sono le nostre idee che si debbono considerare come chimere, oppure i fatti, che si debbono prendere per una fantasmagoria? Tali sono, per quanto mi riguarda, le agitazioni incessanti che dal 2 dicembre mi tolsero la miglior parte del mio tempo, e malgrado il mio desiderio mi hanno impedito di rendervi la vostra visita,

Infine, come state? Non parlo del corpo, parlo dell'anima. La ragione filosofica è stata sufficiente a consolarvi, ad incoraggiarvi, a rendervi la speranza? Quanto a me, io mi sento meno scosso che mai, benchè abbia passato almeno quindici giorni e quindici notti come un condannato a morte. La testa non si è piegata ma il cuore è rimasto costernato; oggi sono interamente ristabilito. Rido, canto, fischio, e, ciò che val meglio, lavoro come se nulla fosse accaduto.

Tutto ben considerato, è avvenuto ciò che doveva logicamente avvenire, e il nostro paese aveva bisogno di questa scossa, di questa lezione. I popoli non si istruiscono altrimenti. Se permettete, se io fossi sicuro di non trovarvi nè moribondo, nè disperato, se la misantropia non ha piegato, inaridito la vostra anima così forte e fiera, verrò a trovarvi e parlerò con voi dell'utilità storica e morale di questa crisi, e dei miei progetti per l'avvenire.

Un pensiero è sorto tra i miei amici, nel mezzo di questa prostrazione: abbiamo compreso tutti, che qualunque cosa accadesse, dovesse pur questo nuovo potere scomparire così rapidamente come è sorto, bisognerebbe lavorare seriamente all'educazione dell'epoca e riprendere ab ovo a poco a poco tutta la cerchia dell'insegnamento.

Tra le opere importanti che si debbono eseguire, si è presentata a noi una Biografia Universale, 40 o 50 volumi, in ottavo, due colonne. Il mio libraio, Garnier, offre di garantire l'esecuzione di questa impresa per una parte di 200.000, se una società di azionisti volesse costituire i primi 100.000 franchi. Già una parte di questo primo terzo è trovata, ma non è questa la cosa importante per voi.

Si desidererebbe la vostra collaborazione e quella del vostro amico Quinet. Per conseguenza, vorremmo, se poteste accordarlo, essere autorizzati (per i nomi che voi scegliereste) a prevalerci di questa collaborazione presso il pubblico ed i sottoscrittori d'azioni.

Ecco, signore, tra gli altri pensieri che mi occupano, uno di quelli che sono invitato a comunicarvi. Questa biografia, rifatta sulle idee moderne, elevata all'altezza delle concezioni filosofiche più avanzate del secolo, formerebbe, crediamo, un monumento più durevole dell'Enciclopedia di Diderot, la biografia di Michaud, o di Feller. Gli emolumenti sarebbero oggetto di un accordo ulteriore. Prima dunque che io venga a presentarvi i miei omaggi rispettosi, sarò ben contento d'essere informato da voi, innanzi tutto, dello stato della vostra salute e del vostro spirito, poi delle disposizioni vostre di fronte ad una tale impresa.

41

Qualunque sia la vostra risposta, è inteso ch'essa nulla aggiungerà nè diminuirà ai sentimenti del vostro devotissimo

42

XXII

A GIUSEPPE MAZZINI

SaintePélagie, marzo 1852

Cittadino Mazzini, è dunque in voi un'idea fissa d'amministrar la ferula al socialismo! Non basta il clamore che da quattro mesi, in Francia e in tutta Europa, invoca lo sterminio dei rivoluzionarî del secolo; occorre che voi aggiungiate le vostre istruzioni pastorali e i vostri monitorî. Uomo d'ordine, uomo di governo, uomo di religione sopra tutto, exdittatore, aspirante pontefice, voi tenete a ben constatare in faccia al mondo tutto il vostro orrore per i miserabili che hanno osato trarre l'ultima conclusione dal movimento filosofico e sociale cominciato dopo le Crociate. È sulle rovine del socialismo che voi posate la prima pietra della vostra restaurazione. E scegliete il momento in cui, a confessione di tutti, il socialismo è diventato l'ultima parola della Rivoluzione; in cui l'organo più veemente della resistenza posa con voi il dilemma: teocrazia o anarchia; in cui migliaia di cittadini qualificati, a torto o a ragione, per socialisti, sono arrestati, espulsi, internati, deportati a Caienna ed a Lambessa.

È il fatto di un uomo politico profondo e sopra tutto di un gran cuore, cittadino Mazzini; io vi ammiro, io vi ringrazio. L'altro giorno, davanti ad una società onesta e moderata, unendo il vostro anatema a quello del vostro concorrente Pio IX, voi mi chiamavate pubblicamente il Mefistofele della democrazia. Veramente sarei indegno di quest'onorifico nomignolo, se non potessi dirvi una volta, a titolo di riconoscenza, che voi ed i vostri pari ne siete... i pagliacci.

Ma chi rispetta oggi la vostra superba facondia? Voi non attaccate me, misero, che per disonorare nella mia persona la vasta corrente di idee che da quattro anni trasporta il secolo e quindi la Francia. Sì, è alla Francia sopra tutto che si rivolgono i vostri disdegni e i vostri sarcasmi, è lei che voi accusate dovunque di viltà, che voi segnate d'infamia, che voi volete mettere alla berlina del genere umano. Mi è dolce, rispondendo alle vostre provocazioni, sentire che ho a difendere una causa più nobile della mia, che ho a vendicare la mia patria sventurata dagli insulti dei suoi bastardi e dalle invettive dello straniero.

Oh! so che in questo momento coloro che non ci conoscono, che giudicano le cose nostre unicamente a seconda delle loro istituzioni e dei loro pregiudizî, ci vedono in strana luce. L'Inglese pudibondo arrossisce con mal celata soddisfazione del nostro abbassamento; l'Americano, insolente come ogni villan rifatto, ci sputa in viso; il Tedesco astratto, il feudale Ungherese, ci dichiarano morti e decaduti; il Papa ci benedice; i re assoluti battono le mani e dicono: li teniamo! E poi ecco il cittadino Mazzini, somiero pedagogo, che colpisce il leone legato col suo zoccolo italico!

E non una parola di indignazione, non una sconfessione è scoppiata nel cuore dei nostri proscritti! il dispetto per la disfatta soffoca in quegli uomini di partito il ruggito del patriottismo. Sarebbero a tal segno cosmopolitanizzati, indifferenti all'onore del loro paese? Oh! se la vergogna è per noi in qualche cosa, è in ciò: che vi siano figli della Francia, che arrossiscono dinanzi a codesti eterni invidiosi che vorrebbero essere francesi.

Ma in nome di chi o di che cosa, cittadino Mazzini, prendete la parola in quest'ora? Quale dei vostri vecchi principî potete invocare, che non vi accusi e non si volga contro di voi? A quale sovrano, a quale Chiesa, a qual Dio, voi democratico dell'antica scuola, voi cristiano, pensate d'appellarvi per la vittoria del papa e per il deliquio delle nazioni? Voi invitate il socialismo a far silenzio, a non più compromettere con le sue imprudenti teorie la causa della libertà? Siete voi, uomo d'azione per eccellenza, cui spetta guidare l'impresa dell'emancipazione universale? E all'uopo non chiedete al popolo quasi nulla: denaro, obbedienza, fede!... Precisamente ciò che reclama da parte sua il nostro Santo Padre! In verità vi si crederebbe pagato dalla coalizione dei vecchi interessi per chiudere la Rivoluzione e fornire, con le vostre stolide manifestazioni, sempre rinascenti pretesti alla persecuzione di dicembre. Lasciateci finalmente, cittadino Mazzini: il vostro còmpito, da voi così miserabilmente inteso, è finito; voi siete un peso per la Rivoluzione.

Per quanto riguarda me, che avreste fatto meglio a lasciare in pace, la mia posizione è tale che mai scrittore potè desiderarla migliore per parlare ai suoi contemporanei. L'ostilità che incontrai da tutti i partiti condannandomi a nulla dire, a nulla fare che non fosse la pura espressione della mia coscienza, conferisce alla mia parola un'autorità, cui la vostra, foste pure mille volte più grande, non si avvicinerebbe. Io sono stato, quasi nello stesso tempo, messo all'indice dal Papa, denunciato alla democrazia da Mazzini, all'Accademia da Montalembert, al Conservatorio da Carlo Dupin. La Assemblea costituente mi ha ripudiato, la giuria mi ha condannato, la magistratura mi ha colpito, la borghesia mi serba rancore; ho troppo demeritato di Luigi Napoleone per essere in favore presso il suo Governo, e l'anno scorso, a Parigi ed a Lione, ebbi bruciato il mio ultimo libro, come eretico, da una delegazione del proletariato.

E son io, cittadino Mazzini, che voi richiamate alla disciplina! O mi inganno di molto, o questa contraddizione universale, ch'ebbi la rara fortuna di sollevare, se non dimostra che sono pazzo, è un grave indizio che fino a questo momento mi sono tenuto sempre vicino alla verità. Spero di esserle sempre più fedele; e poi che le vostre encicliche, cittadino Mazzini, m'offrono la buona fortuna di rispondere alla stesso tempo per la mia difesa, per la salute della Rivoluzione e per l'onore del mio paese, considererei come una viltà se tacessi più a lungo.

Vi saluto, cittadino Mazzini, fraternamente.

XXIII

A CARLO EDMOND

BurgillelesMarnay, 18 ottobre 1852

Mio caro Edmond, l'esiglio vi pesa; caro amico, vi tarda di tornare a Parigi, solo luogo ove si vive, si pensa e si studia. Intendo i vostri dolori e la vostra impazienza, e tuttavia non so se, dopo tutto, lo spettacolo dell'umanità non sia in Francia ancor più penoso che altrove, precisamente perchè in Francia l'umanità vive di più...

Qual commentario della storia facciamo da cinque anni, ma sopra tutto dopo il 2 dicembre! Quale senso profondo i vecchi avvenimenti hanno assunto ai miei occhi, e quali correzioni vi sono a fare agli storici, da Erodoto fino a Thiers! Ma, sopra tutto, quale smentita inflitta a tutte le chiacchiere costituzionali, democratiche, rivoluzionarie, ecc., gettate in pasto alla Francia dopo la caduta del ramo primogenito nel 1830! Come si è fatto strame di tutte le libertà! Quale abbandono di noi stessi! Quale crassa inettitudine nella borghesia! Quale stupidità, ora feroce ed ora vile, nelle masse!

Come, quando la vita abbandona l'animale, gli elementi che lo compongono si disgregano e tornano al loro stato chimico, così, poi che la fede pubblica, il patto sociale, furon disprezzati dapprima dai rossi, poi violati dai bianchi, stracciati infine da Luigi Napoleone, tutte le facoltà sociali tornano all'animalità pura; non v'è più opinione pubblica, non coscienza generale, non ragione collettiva, nè onore del paese, nè solidarietà dei cittadini.

Ciascuno pensa a sè, ciascuno compie il disgregamento delle menti e dei cuori, la cui combinazione costituiva il nostro essere collettivo; l'essere francese è scomparso e Luigi Napoleone è il padrone e regna sui cadaveri!

La Rivoluzione si compie così poco a poco, seguendo il cammino più lungo. Si compie, vi dico, sui dati che sempre abbiamo combattuto in Louis Blanc e in altri; in questo momento, invece di creare il benessere generale mediante la libertà, essa lo produce, costretta com'è, a mezzo dell'autorità e della ragione di Stato. La proprietà, attaccata da ogni parte ed ansimante, non esisterà più tra breve che nominalmente; l'industria ed il commercio, stretti dalle grandi società di miniere, ferrovie, navigazione mediterranea ed atlantica, che lo Stato sostiene, non saranno più tra poco che delegazioni pubbliche, come le rivendite di tabacchi. Il socialismo del palazzo di Lussemburgo trionfa in questo momento, appoggiato dal pregiudizio governativo, dalla superstizione cattolica e dalla soggettività del Presidente.

All'estero, vedrete che la Santa Alleanza non avrà nè il coraggio nè il credito o la forza di far rispettare il suo articolo fondamentale, relativo alla legittimità! Come nel '9293, i principi d'Europa si troveranno impotenti; Bonaparte sarà riconosciuto Imperatore ereditario; fosse pure Cartouche o Mandrin, lo sarebbe ugualmente! L'Inghilterra verrà resa amica mediante un trattato di commercio che ci consegnerà con le mani legate; il Belgio del pari; restano la Prussia, la Russia e l'Austria, che saranno ben costrette a tollerare ciò che non possono impedire. L. N. non chiede che di godere la sua lista civile e di giuocare coi suoi balocchi; io dubito sempre ch'egli abbia il capriccio di far la guerra. Intanto il disavanzo aumenta, la classe media se ne va, ricadendo da ogni lato nella plebe, alla quale, nonostante i maggiori sforzi, si possono dare soltanto soddisfazioni di brevissima durata. Lo Stato, che attira a sè tutto, sarà costretto tra qualche anno ad incaricarsi di tutto, tanto che i nostri principî hanno ed acquistano ogni giorno una probabilità di realizzazione che non avevano: e precisamente mercè il successo dato all'utopia...!

Voi cercate la luce tra le tenebre odierne; ecco ciò che posso dirvi come cosa sicura per la Francia, dopo un'attenta osservazione di quattro mesi a Parigi e nei nostri dipartimenti. L'economia della società si trasforma da cima a fondo; ecco il fatto. Ora, quale è il movimento della politica in sè ed astrazione fatta dall'economia? Questo movimento è nullo, e se le vostre speranze riposano su qualche eventualità di questo genere, vi compiango. Il nuovo Impero sarà certamente qualche cosa di mostruoso, ma non potrà durar quanto durò Luigi Filippo. Tutto è morto, idee e partiti; non vi sono che ceneri. La collera resta in alcune anime, che amano nutrirsi della chimera d'una grande espiazione, e a forza di sognarla, di volerla, finiscono per crederla inevitabile ed imminente. Per conto mio, la ragione mi dice che non si tratta di sogni, e malgrado le ferite del mio cuore, faccio quanto posso per non lasciarmi andare a quelle impotenti indignazioni.

La storia fornisce pochi esempî di quelle grandi riparazioni, come sarebbe necessario che una ne avesse luogo dopo questi quattro anni di tradimento e d'infamia. L'usurpazione del 18 brumaio fu altrettanto colpevole di quella del 2 dicembre; ebbene, giudicate! Napoleone, per quattordici anni, è imperatore, idolo dell'esercito, della plebe e dei grandi. Quando cade, non è la repubblica che torna, è la regalità!...

...Questa impunità della storia proviene dal fatto che la vita universale non può arrestarsi un solo istante; ch'essa opera sotto ogni regime e con ogni mezzo, trasformando i vecchi elementi, creando nuovi interessi, e distruggendo così poco a poco fino il pensiero della vendetta, rendendo la vendetta impossibile, nociva persino a coloro che maggiormente la vorrebbero. Non v'è più luogo a vendetta, quando uomini e cose, interessi ed idee, tutto ciò ch'era stato in attrito, sono scomparsi: e non vi sono più passioni che vi attingano la loro vita e li rappresentino.

L'economia, gli interessi economici, dominano oggi ogni cosa. Con essi, lo Stato e la sua ragione restano fatalmente subalterni; la Chiesa non è che una suora di carità, vecchia e bisbetica; tutta la politica alla Rousseau e alla Robespierre è una utopia che volge al grottesco. Lo stesso Montesquieu non vi intenderebbe nulla, e le sue massime sono sdruscite. Non sono più l'onore monarchico o la virtù repubblicana che guidano gli Stati: è la necessità del pane quotidiano. Là sta la ragione segreta di tutte le nostre manchevolezze e del trionfo del delitto; ma là sta pure la potenza invincibile che fa tutto...

Sulla base di queste idee i nostri amici, contando sulla possibilità d'aver l'autorizzazione a pubblicare una Rivista, mi spingono ad assumerne la direzione e a darvi inizio al più presto. Ho consentito, per quanto io sia stanco e triste e saturo d'amarezze. Bisogna marciare; io sono un forzato a perpetuità.

Per un momento sperai di ritirarmi in qualche onorevole impiego di commercio; questa speranza è ormai distrutta. Mi respingono da ogni parte come se avessi la peste; si crederebbero maledetti se avessero qualche contatto con me. Ho presso a poco la convinzione, la prova, che non troverei un impiego da 1200 franchi all'anno in una casa di commercio a Parigi, a Lione o altrove. Sono quindi risospinto violentemente nel mestiere di letterato; in luogo di seguire grandi lavori, come avrei voluto, nel silenzio d'un onesto impiego, bisogna ch'io viva del prodotto quotidiano della mia penna...!

Ho ricevuto, è circa un mese, una lunga lettera di H..., con l'annunzio d'una seconda della stessa importanza. L'attendo ancora.

Avete saputo che quando uscì l'ultimo mio opuscolo, due cittadini di Londra e di Bruxelles mi lanciarono un nuovo colpo di zampa? In verità non so con chi l'abbiano maggiormente, se con lui o con me! La nullità di codesti uomini è stata e sarà per molto tempo la maggior miseria dell'epoca nostra e la fonte di tutte le altre.

I miei saluti alla signora Tessié du Motay, se la vedete. Vi stringo la mano.

XXIV

AL SIG. MADIERMONTJAU

4 gennaio 1853

Mio caro Madier, siamo in piena Restaurazione gesuiticomonarchica. Togliete Napoleone III, mettete al suo posto Enrico V, e la situazione sarà logica; ogni cosa sarà nell'ordine. I giornali d'oggi vi apprenderanno che il Moniteur aderisce ai trattati del 1815, il che annulla la vostra opinione intorno alla guerra, e vi prova come io abbia meglio di voi giudicato la situazione. Napoleone III è legato; la pace gli è imposta; i trattati del 1815 lo coronano della loro infamia; non v'è più che un atto a rappresentare, cioè d'esser rapito una notte dal suo palazzo e d'esser gettato a Vincennes. E ciò si farà, ve lo dico io, perchè è necessario. Oggi, mentre il nome di Napoleone è disonorato, e l'uomo del 2 dicembre è divenuto, come gli dissi, il gendarme della Santa Alleanza; oggi, mentre la società è salvata definitivamente, bisogna ch'egli abbandoni il potere; sarebbe troppo contradittorio, assurdo, che questo salvatore fosse un usurpatore. Ciò che sopratutto è salvato nella società è la legittimità; ora, salvare e perdere, affermare e negare, dare e ritenere, non si può.

Ieri fu giorno di trionfo per il gesuitismo. Tutto il Pantheon era illuminato; l'arcivescovo ufficiò pontificalmente; alle undici della sera il quartiere latino e il sobborgo Marceau erano appestati dall'odore delle lampade ad un chilometro in giro.

Se leggete la Presse d'oggi, vi troverete, con la notizia dell'accettazione dei trattati e la descrizione di questa festa clericale, l'annunzio del rifiuto d'autorizzazione, di cui m'ha gratificato il signor Maupas. È amaro per me, ma glorioso, che il pubblico apprenda dallo stesso bollettino, l'accettazione dei trattati del 1815, il trionfo dei gesuiti e lo strangolamento della libertà di pensiero, compiuto nella mia persona. Auguro che al pari di me i repubblicani non abbiano nulla a rimproverarsi di fronte alla repubblica; forti, essi non hanno saputo agire; combattenti, non hanno saputo difendersi: vinti, non sanno rialzarsi!

Vi auguro il buon anno.

XXV

AL PRINCIPE NAPOLEONE

7 gennaio 1853

Principe, mercè vostra uno dei migliori nostri amici, il cittadino Tessié du Motay, ha potuto, malgrado la sua contumacia, rivedere la terra natale, salvare i rottami del suo patrimonio e proseguire a Parigi, all'ombra della polizia, i suoi studî alti e forti. È a voi che dobbiamo questo servigio, e ve ne ringrazio dal fondo del cuore.

Per quanto riguarda me stesso, ho potuto vedere in una lettera, scritta tutta di vostra mano, con quale graziosa cortesia avete voluto ch'io fossi informato del successo del vostro intervento. Quella lettera, Principe, ho ritenuto fosse mia proprietà, e la conservo con orgoglio.

Ho risaputo pure che recentemente vi degnaste di prendere qualche interesse ad una Rivista che doveva pubblicarsi con la mia direzione, ma che il Ministro della polizia rifiuta d'autorizzare. Quante ragioni per me, Principe, di portarvi il tributo della mia riconoscenza, e come dovete essere stupito d'un ritardo che già rasenta la scortesia! Infatti da molto tempo avrei compiuto il mio dovere, se prima di presentarmi dinanzi a voi, Principe, non avessi deciso di tentare un ultimo passo verso il vostro spirito eccellente: giudicherete or ora se il sentimento che mi anima sia indiscrezione o zelo.

Senza dubbio, voi penserete, si tratta di far mutar decisione al signor Maupas nei riguardi della Rivista!... No, Principe, nulla voglio tentare oggi contro il beneplacito del signor Maupas. Non farò la Rivista, lui ministro; non comprometterò la vostra dignità in questa bega di gesuiti; non vorrei nemmeno, per servir da passaporto alle mie idee, la parola onnipotente dell'Imperatore. Perchè?.... È ciò che vi scongiuro in questo momento, Principe, e sovra ogni cosa di voler ascoltare.

La mia condotta è nota, almeno altrettanto dei miei principî. Tutti sanno che facendo sempre passare le istituzioni sociali dinanzi alle forme politiche, mettendo la ragione rivoluzionaria molto al di sopra della ragion di Stato, sono avversario dichiarato di ogni astensione come di ogni disperazione. Tutti sanno che dopo aver combattuto con ogni mia forza le innovazioni che giudico ostili alla libertà, non ho altro pensiero, compiuto l'evento, che di trarre il miglior partito dalle nuove situazioni, per la gloria del paese, il benessere delle masse ed il progresso dell'umanità. È ciò che ha diretto il mio contegno dopo l'elezione del 10 dicembre e, più tardi, sotto il regime della legge del 31 maggio; è ciò che ha ispirato la mia ultima pubblicazione. Questa tattica avrei continuato sotto l'impero: l'opposizione accanita del signor Maupas, le noie che mi suscita l'odio del clero, il clamore universale delle calunnie borghesi, dinastiche, repubblicane; una folla di sintomi allarmanti, che sarebbe troppo lungo riferire, m'ammoniscono tuttavia a serbare il silenzio.

Sì, Principe, per la prima volta da cinque anni sento che mi coglie la paura. Ho sostenuto, tribuno novizio, l'anatema d'un'assemblea; ho affrontato, per ciò che ritenevo vero, la riprovazione del mio paese; persino in carcere ho sfidato le ire del potere e della magistratura. È che allora esisteva la lotta; noi radicali avevamo un piede nella costituzione; nulla era deciso contro la Repubblica, contro la Rivoluzione. Attualmente, anche con la tolleranza del capo dello Stato, con la garanzia della sua parola, non mi crederei più in sicurezza. Davanti al movimento di controrivoluzione borghese, monarchica e sacerdotale, organizzata da tredici mesi intorno e sotto la copertela del Presidente e dell'Imperatore; davanti a questa cerchia di tradimenti che lo cinge come una fortezza, prevedo troppo a quali furori m'esporrebbe una protesta solitaria, inopportuna; e dopo esser sfuggito alla battaglia

49

delle idee, non mi sento più il coraggio d'essere vittima d'un anacronismo. La bestia feroce non è mai più terribile di quando difende la sua preda. Ebbene, repubblica, rivoluzione, progresso, libertà, e per tutto dire, impero e imperatore: tutto ciò è divenuto la preda dei nostri eterni nemici. Ciò ch'essi comprendevano che venisse loro disputato sul campo di battaglia, non soffrono più che si voglia toglier loro dopo la vittoria: è una spoglia che loro appartiene; guai a chi osasse toccarla! Agli occhi di tutti i partiti, repubblicani e dinastici, radicali e borghesi, laici ed ecclesiastici, il movimento che ci fece passare dalla Repubblica all'Impero ci porta alla Restaurazione: combattere questo movimento, come tentai di fare di recente, è sostenere indirettamente Luigi Napoleone, è affermare l'Imperatore: è sacrificarsi inutilmente all'odio universale ed al biasimo della posterità. Dunque la polizia del signor Maupas soffochi ogni contraddizione e gli eventi si compiano! Io attendo Enrico V.

Perdonate, Principe, se osai intrattenermi di un argomento così atroce. Ma poi che oggi la fortuna imperiale divenne solidale della Rivoluzione; poi che si tratta della gloria del vostro nome altrettanto che dell'interesse democratico e sociale, è venuta l'ora di mettere sotto i piedi ogni puritanismo e d'uscire dalle riserve dell'amor proprio. Quando lo straniero invase la Francia, un repubblicano austero, Carnot, s'offerse all'imperatore per la difesa delle sue piazzeforti. Oggi, mentre la controrivoluzione di dentro e di fuori ci schiaccia, è tempo che repubblicani ed imperiali si spieghino.

Noi siamo atterriti, e per buone ragioni. Ciò che accade, dentro e fuori, tradisce un sistema il cui pensiero è troppo chiaro e la mèta troppo vicina.

Non è vero, per esempio, che il famoso detto «L'impero è la pace», così stranamente sfruttato dopo l'ultimo viaggio del Presidente della Repubblica, è divenuto il segno di adunata dei nemici della Rivoluzione e dell'Impero, come nel 1851 la Costituzione era divenuta la parola d'ordine di tutti i partiti? Non è vero che mercè quel detto, pronunciato con intenzione, una pressione perfida fu esercitata sui consiglieri del Capo dello Stato; che oggi «L'Impero è la pace» è sinonimo della frase di Luigi Filippo: «La pace dovunque, la pace sempre»?... e che dopo tredici mesi di tempo perduto, mentre forse il semplice ritiro delle forze francesi in Italia sarebbe bastato a far cadere la Santa Alleanza alle ginocchia dell'Imperatore, siamo di nuovo schiacciati sotto le concessioni e le vergogne del regno di diciotto anni?

Dalla parte del Reno, l'Imperatore, addossato dalle tre Potenze ai trattati del 1815, vale a dire reso partecipe delle spoglie di Waterloo, complice dell'assassinio di Sant'Elena; – al Nord, al Sud, all'Ovest, circondato da un fila di Stati costituzionali, il Belgio, la Svizzera, il Piemonte, la Spagna, l'America, l'Inghilterra; il ministero Aberdeen, che formato in odio al potere imperiale, s'impadronisce dell'iniziativa francese, fa cadere il ministero Murillo, appoggia il Piemonte riformista, annichilisce d'accordo con l'Autocrate la nostra influenza in Turchia; all'interno tutti gli organi delle dinastie decadute, plaudenti all'immensa coalizione fatta in nome dei principî liberali: che cosa di più si vuole per dimostrare a tutti i francesi la decadenza della nostra patria? e che questa decadenza, dopo Luigi Filippo, dopo Lamartine, dopo Cavaignac, dopo la Legislativa, la dobbiamo, gran Dio! al nome dell'Imperatore, ad un Napoleone!...

Ah! la Restaurazione è ora giustificata. I Borboni hanno subìto i trattati del 1815, è vero; ma la dinastia di Luglio, ma la repubblica di Febbraio, ma il nuovo Impero, li hanno ACCETTATI; inchiniamoci al patriottismo di Enrico V. Ch'egli si presenti ora, con una Carta costituzionale in mano, e sarà accolto come un liberatore; che uno scrittore abbia l'idea di combatterlo, come io volli fare, e quello scrittore, quali che siano i suoi precedenti, sarà un venduto, un traditore, un nemico della libertà e della patria.

Badate, Principe, che segnalandovi questo sistema detestabile, in cui s'inabisseranno l'onore della vostra casa e le speranze della democrazia, non accuso direttamente l'intenzione dei consiglieri di Sua Maestà; non ho alcuna informazione a questo riguardo, e ragiono assolutamente nell'ipotesi della loro devozione all'Imperatore e della loro perfetta sincerità. Ma voi non potete ignorare che se, nel campo della giustizia, l'intenzione vale il fatto, in politica il fatto vale l'intenzione; ed è dal punto di vista dei fatti che dico: Quegli uomini, dopo aver tradito la Repubblica, tradiscono l'Imperatore.

Dopo aver guardato all'estero, gettiamo uno sguardo all'interno; è qui sopratutto che vedremo la cospirazione all'opera, che la coglieremo in flagrante delitto.

Si è ripetuto a sazietà che l'alta fortuna di Napoleone III era dovuta al ricordo di suo zio; ciò che si nota meno è il fatto che la sua disgrazia viene anch'essa dal suo rispetto per quella tradizione.

Certamente, non è dinanzi ad un Bonaparte che commetterei la sconvenienza di criticare la risurrezione d'una folla di leggi e di decreti emanati quale omaggio a quella grande memoria; ma v'era un modo di seguire i gloriosi vestigî: e ne profittarono invece come d'una strada regia, che doveva condurci più sicuramente alla Restaurazione.

Tutta l'analogia tra i due imperatori consisteva in ciò: che il primo aveva avuto una rivoluzione da finire e da proteggere, mentre l'altro ha una rivoluzione da cominciare e da diffondere. L'unico pensiero della controrivoluzione – e la sua bisogna è stata facile – fu dunque di crear l'equivoco su questo punto essenziale; di gridare, dopo il due dicembre, il crucifige sul partito repubblicano, di proclamar Luigi Napoleone il salvatore della società, perchè grazie alla pronta connivenza della borghesia, della nobiltà, del clero, ecc., ecc., egli aveva schiacciato, disperso il socialismo; poi, consumata questa grande fellonia, si parlò di Monk, e il Monk essendosi ricusato, siamo arrivati ora al re legittimo.

Tale è il piano semplicissimo della controrivoluzione; si può vedere con qual successo sia stato seguito. Non ho più che la briga di citare.

Il primo Console aveva riaperto le chiese e ristabilito il culto. Era, fino a un certo punto, nelle disposizioni dell'epoca. Dopo Voltaire, Rousseau, Dupuy, Volney, la critica s'era riposata; le masse non erano state toccate; l'idea susseguente non era sorta; la nazione non era matura. Poi che l'errore religioso, indistruttibile nell'umanità, non poteva avere da noi altra espressione, l'Imperatore vi supplì con una restaurazione provvisoria.

Ma dopo cinquant'anni di progresso filosofico e di propaganda razionalista, oso dire che l'esaltazione della Chiesa non è più che un anacronismo, qualche cosa di violento e d'immorale, come la impresa di Giuliano Apostata. E invero gli effetti di questa potenza concessa al clero sono disastrosi, e ciò senza vantaggio alcuno per la popolarità dell'Imperatore, e senza ch'abbia nemmeno potuto conseguire l'attaccamento del clero stesso.

Si conosce alle Tuileries l'opposizione, l'odio, che dovunque scoppia tra i preti all'indirizzo di Napoleone III? Si conosce la corrispondenza di monsignor di Luçon, più inabile dei suoi colleghi, con Enrico V; la frase di monsignor Dupanloup che «la Chiesa riceve da tutte le mani, ma non si dà in mano a nessuno»; il recente programma di Montalembert che invita la Chiesa, rialzata da Napoleone, a respingere ogni solidarietà col suo governo, dichiara la sua sfiducia nella stabilità del nuovo potere, e in previsione d'un ritorno per il quale cospirano tanti interessi, si accosta alle idee costituzionali?

Si sa che nel Giura i curati mostrarono molto disdegno per l'ultima elezione, e che se fosse dipeso da loro non un contadino sarebbe andato alle urne?

Si sa che a Lione, alla proclamazione dell'Impero il 5 dicembre, vi fu un'astensione quasi generale e come per una segreta intesa mancò l'illuminazione, mentre tre o quattro giorni più tardi, per la festa della Vergine di Fourvières, tutta la città risplendeva di fuochi di gioia? Si sa ch'è opinione universale a Lione esser stato questo contrasto una protesta contro l'Impero?

Si sa che l'intolleranza del clero è tale, che si parla dovunque d'una seconda revocazione dell'Editto di Nantes e che in tre mesi tutta la popolazione protestante fu alienata dall'Imperatore?

Si sa che per effetto della commissione gesuitica costituita dal signor Maupas per la sorveglianza dei libri, la circolazione dei volumi di storia, di letteratura e di scienza nelle campagne è presso a poco vietata? che ivi si dichiara sfrontatamente ai librai che è intento del governo restringere il progresso degli studî, che vi sono già troppi scienziati, che il contadino non ha bisogno di sapere di più del suo catechismo ecc. ecc.?

Si sa...? ma che dico! chi oserebbe riferire all'Imperatore che i suoi giornali narrando il suo intervento alla messa, i suoi cortigiani chiedendo all'arcivescovo il permesso di mangiar di grasso il venerdì, coprono l'Impero d'incancellabile ridicolo; che in quell'affettata devozione non si scorge se non ipocrisia o debolezza di spirito; e che il clero, il quale sa qual conto debba fare delle pratiche religiose, è il primo a ridere?

Dalla religione passiamo agli affari.

Il primo Console aveva ristabilito le finanze dello Stato, rianimato il commercio e l'industria, ricondotto la prosperità nel paese.

Il Presidente ha voluto a ragione aver la stessa gloria. Per qualche tempo, la sua popolarità accentuata mercè l'intonazione riformatrice di qualche decreto, gli affari incoraggiati dal vigoroso impulso da lui dato ai lavori pubblici, fecero credere che la Francia entrasse realmente in una nuova êra: e i repubblicani ne provavano invidia.

Ma la delusione non tardò ad arrivare; e si può dire fin da ora che la sfiducia, il discredito, l'arenamento, il disagio sono divenuti irrimediabili.

A Napoleone III, come a Luigi XIV, occorreva un Colbert, che creasse pezzo per pezzo la nuova Francia e fornisse all'Imperatore i mezzi per sostenere all'estero una politica fiera. Non bastava più, come un tempo al primo Console, la assistenza di quei banchieri, come se ne troverà sempre, che applicano alle finanze dello Stato la pratica dei loro affari e s'immaginano d'arricchire il Principe quando fanno, coi loro giuochi di Borsa, la fortuna dei suoi favoriti.

Questa differenza dei tempi non fu compresa; e infatti l'erario è caduto nelle mani dei lupi cervieri; tutte le buone idee di Luigi Napoleone furono snaturate. Il Credito Fondiario non è che un istituto di privilegio, inaccessibile a tre quarti dei piccoli proprietarî e senza azione possibile sull'economia nazionale; il Credito Mobiliare non è considerato che come una vasta centralizzazione di agiotaggio. Insomma, in luogo di un rinnovamento economico, come quello che seguì al 18 brumaio, siamo tornati alle orge del 1722, e tutti prevedono per gli istituti del Presidente la sorte della banca di Law...

Durante il suo consolato e nel tempo dell'Impero, il primo Napoleone aveva fatto opera di conciliazione e di concordia. Nei suoi Consigli, tra i più alti dignitarî si vedevano gli antichi servitori dei re al fianco dei convenzionali e dei regicidi. Le circostanze si prestavano a questa politica, e sebbene l'Imperatore, nei suoi ultimi momenti, abbia avuto a lagnarsi dei nobili; sebbene egli abbia detto che i bianchi sono bianchi e gli azzurri sono azzurri, si può affermare che in ultima analisi i suoi rovesci non provennero da ciò.

Oggi è la stessa cosa?

In primo luogo, non v'è fusione di uomini di diverso partito intorno all'Imperatore. Si astengono, tengono il broncio, o meglio in seguito a questo desiderio di fusione, troppo vivamente espresso, si impadroniscono delle migliori posizioni; si fanno aggiudicare ferrovie, canali e miniere, banche e privilegi; riempiono l'amministrazioni, i tribunali, lo Stato Maggiore; diventano padroni dovunque; non lasciano all'Imperatore che il suo servidorame, se pure codesto servidorame non è infestato da spie e da assassini. Siamo in piena monarchia filippista, in autentico governo borghese. E si può dire oggi di Luigi Filippo, come fu detto di Voltaire, che se non vide tutto ciò che fece, egli fece tutto ciò che vediamo.

Queste cose si rivelano sopratutto nella polemica dei giornali che si dicono devoti all'Imperatore. Non è deplorevole infatti di veder nel Constitutionnel, nella Patrie, nel Pays, l'Imperatore Napoleone III aspirare al titolo di sovrano legittimo con l'esclusione di Enrico V e degli Orléans, sulla base che avendo egli solo salvato la società, egli solo abbia il diritto di governarla? Come se la società, che il 2 dicembre ha salvato, non fosse di fatto e per le spiegazioni date quotidianamente dai fogli imperialisti, la vecchia società monarchica; come se l'oggetto più prezioso di quel salvataggio non fosse la regalità; come se di conseguenza non vi fosse contraddizione per Luigi Napoleone a voler essere contemporaneamente salvatore e imperatore, vale a dire USURPATORE!

Lo ripeto, oggi solo Enrico V è logico; e siccome ciò che è logico si realizza tosto o tardi, Enrico V tornerà. È un'opinione che oggi corre per le vie, in attesa che corra per le campagne; e se l'Imperatore sentisse dal suo palazzo ciò che si dice negli uffici e dovunque, saprebbe che su cento funzionari pubblici pagati dallo Stato, ve ne sono novantacinque che si infischiano di lui e chiamano coi loro voti Enrico V. Tengo questa confidenza da uno dei servitori più devoti di Sua Maestà: ne era spaventato parlandomi, e ne rabbrividisco io stesso...

Non spingerò più oltre la mia critica. Nulla dirò, sopratutto, di ciò che vien chiamato l'entourage; temerei di toccare le affezioni dell'Imperatore, e voglio evitare tutto ciò che potrebbe sembrare personale. Ma non posso dissimulare una cosa, che ha sorpreso l'opinione pubblica ed urta il sentimento delle convenienze, così delicato in Francia: cioè che i signori SaintArnaud e Maupas non abbiano seguito nel suo ritiro il signor di Morny, e che uomini che furono strumenti del 2 dicembre abbiano creduto di poter restare ministri dell'Imperatore. Era questione di un pudore, che il signor di Morny ha sentito; d'una legge d'ordine pubblico, di galateo di governo, che non doveva essere violata... Sarebbe forse vero che l'Imperatore ha le mani legate di fronte a quei signori e che non oserebbe chieder loro una dimissione necessaria...?

Mi fermo, chè non posso dir tutto: non basterebbe un volume.

Può darsi ch'io m'inganni; può darsi che l'Imperatore veda le cose diversamente di me: dopo tutto, egli è il meglio situato per discernere ciò che conviene alla sua fama ed ai suoi interessi. Ma dichiaro che fino ad un nuovo cambiamento politico sono risoluto ad astenermi volontariamente. Non voglio espormi al pugnale nè dei rossi nè dei bianchi, facendo dire ch'io sono lo spauracchio, compare dell'imperatore, che solo arresta la controrivoluzione. Perchè io riprenda la parola non mi abbisogna meno d'un colpo di Stato, che muti o il ministero o la dinastia.

La continuata proscrizione dei miei correligionarî; gli effetti dell'amnistia sospesi, limitati per volontà dei funzionari subalterni; l'onnipotenza dei gesuiti che imperversa sulla polizia, l'amministrazione, l'Università, e arriva fino alle famiglie; il risentimento della classe media, le sue apprensioni, le sue paure, abilmente dirette contro il regime imperiale, accusato volta a volta di socialismo e d'assolutismo: tutto ciò mi dice abbondantemente ch'è venuta per me l'ora d'un severo riserbo.

Forse l'Imperatore confida nella forza immensa ch'egli trae da otto milioni di voti!... Egli ignora che dopo il 10 dicembre il principio della sovranità effettiva del popolo, manifestato col mezzo delle urne, fu incessantemente demolito dalla propaganda controrivoluzionaria; che il più forte argomento contro il suffragio universale e diretto, e quindi contro il titolo di Napoleone III, è tratto precisamente dai voti del 10 dicembre '48, del 21 dicembre '51, e del 20 novembre '52. Più voti gli ha dato il popolo, e più – persino a giudizio dei repubblicani – questo popolo è incapace, più ha manifestato la propria incompetenza.

Del resto il suffragio universale è attualmente muto, e per molto tempo. Tornata la moltitudine alla propria inerzia, la forza resta all'aristocrazia borghese, la quale non perdonerà all'Imperatore che nel giorno in cui avrà abdicato.

Ecco, o Principe, le cose che avevo a dirvi, prima della visita di riconoscenza che vi debbo. Voi passaste sempre per uno spirito liberale: per questo titolo meritate l'odio, non soltanto di tutta l'aristocrazia non conciliata con l'impero, ma anche di quella che finge d'esserlo e che in voi respinge, con la tendenza rivoluzionaria, la perpetuità della famiglia Bonaparte.

Questa comunanza d'interessi, che nel momento attuale unisce il vostro destino a quello della Rivoluzione, è la mia scusa; valga essa di passaporto alla presente.

Attendo da voi, Principe, una parola che mi indichi l'ora e il giorno in cui potrete concedermi udienza: possiate darmi tanta sicurezza quanti allarmi vi ho espresso!...

Sono, Principe, col più profondo rispetto, il vostro umilissimo e obbedientissimo servitore

XXVI

AL PRINCIPE NAPOLEONE

Principe, il mio amico Carlo Edmond m'informa che voi vedeste con dispiacere il mio rifiuto d'accettar la mia parte d'una somma di 40.000 franchi, messa a disposizione di Huber e mia dal signor Pereire, a titolo d'indennità.

Carlo Edmond mi fa osservare in pari tempo che, per effetto di una delicatezza degna del vostro cuore, voi considerate quella indennità come una specie di soddisfazione data a voi stesso per la pena che prendeste in quell'affare, che in conclusione terminò, almeno dal punto di vista finanziario, in modo vantaggioso al governo.

Permettetemi, Principe, di persistere nella mia risoluzione, sottoponendovene le ragioni. Io non rappresento la parte, credetelo pure, dell'uomo virtuoso e incorruttibile; non amo le virtù da teatro e in ogni cosa stimo soltanto ciò ch'è naturale e modesto. Avevo raccomandato a Huber di trasmettere puramente e semplicemente al signor Pereire la mia astensione, e di seppellire tutto ciò nel silenzio: deploro che troppa gente sia già a cognizione della cosa.

Io ho sollecitato, in qualità di economista e di democratico, la concessione della ferrovia da Besançon a Belfort per la Compagnia Murray; il mio intento era non solo di procurare allo Stato condizioni migliori, era pure e sopratutto di piazzare col mezzo d'un fatto un'idea, l'idea della nonagglomerazione delle Compagnie ferroviarie, dell'indipendenza delle linee e della loro diretta provenienza dallo Stato. Dalla Compagnia Murray, qualora avesse ottenuto la concessione, avrei forse accettato una situazione conveniente, che nella mia qualità di exmembro di Commissioni e di uomo del mestiere m'avesse permesso di continuare nell'applicazione il concetto che avevo fatto valere quale sollecitatore: il Governo ha dato l'esclusione al mio progetto; non ho indennità da ricevere per una idea.

Diciamo tutta la verità: io so, Principe, che la franchezza non vi spiace.

Il signor Pereire è il rappresentante e il capo del principio sansimoniano della feudalità industriale, che in quest'ora domina la nostra economia nazionale; principio che io considero antidemocratico e antiliberale, altrettanto funesto all'emancipazione popolare quanto può divenirlo al potere stesso dell'Imperatore.

Il mio dovere, il mio destino, è di combattere a fondo e dovunque questo sistema; sarebbe strano, degno d'un cavaliere d'industria, che io ricevessi una gratificazione dal nemico. Che direste di me, se in compenso del rifiuto, che il Governo s'ostina ad opporre alla pubblicazione della Rivista del Popolo, della quale devo essere il direttore, i gesuiti, sollecitati dal signor di Persigny che non è sfavorevole a quella Rivista, mi offrissero la somma di 100.000 franchi ed io l'accettassi?

La mia situazione è esattamente uguale di fronte al signor Pereire. L'Imperatore, vostro cugino, dopo aver consegnato le nostre anime ai gesuiti, consegna il patrimonio del popolo agli ebrei: perchè ha la coscienza di non consegnar sè stesso, egli immagina che i suoi favori siano senza conseguenza per la nazione. L'Imperatore s'inganna, e il male che ci fa è enorme...

Ho detto a sufficienza, Principe, per la spiegazione della mia condotta e per la vostra intelligenza così pronta. Permettete dunque, ancora una volta, ch'io mantenga la mia posizione: è la sola che convenga a colui, che talora degnaste onorare della vostra benevolenza e che, più che mai, vi prega di gradire l'espressione della sua profonda gratitudine.

Di Vostra Altezza Imperiale, Principe, l'umilissimo servitore

P. J. Proudhon.

FINE